Maldito seja
DOSTOIÉVSKI

Atiq Rahimi

Maldito seja DOSTOIÉVSKI

Tradução

Marcos Flamínio Peres

Estação Liberdade

Título original: *Maudit soit Dostoïevski*
© P.O.L. éditeur, 2011
© Editora Estação Liberdade, 2012, para esta tradução

Preparação	Paula Nogueira
Revisão	Huendel Viana
Composição	B.D. Miranda
Capa	Miguel Simon
Imagem de capa	©APF/Other Images
Editores	Angel Bojadsen e Edilberto F. Verza

CIP-BRASIL – CATALOGAÇÃO NA FONTE
Sindicato Nacional dos Editores de Livros, RJ

R127m
Rahimi, Atiq, 1962-
    Maldito seja Dostoiévski / Atiq Rahimi ; tradução Marcos Flamínio Peres. – São Paulo : Estação Liberdade, 2012
    280p.: 21 cm

Tradução de: Maudit soit Dostoïevski
ISBN 978-85-7448-210-1
1. Romance afegão (Francês). 2. Guerras – Afeganistão – Ficção. I. Peres, Marcos Flamínio. II. Título.

12-5429   CDD 848.99581
                                           CDU 811.133.1(581)-3

Todos os direitos reservados à

Editora Estação Liberdade Ltda.
Rua Dona Elisa, 116 | 01155-030 | São Paulo-SP
Tel.: (11) 3661 2881 | Fax: (11) 3825 4239
www.estacaoliberdade.com.br

Ao ustad *Jean-Claude Carrière*

Eu queria tanto cometer o pecado de Adão.
Hafiz Azish, *Poétique de la terre*

Mas tanto a existência quanto a escritura dependem apenas da repetição de uma frase roubada de outro.
Frédéric Boyer, *Techniques de l'amour*

Mal levantara o machado para descê-lo sobre a cabeça da velha quando a história de *Crime e castigo* lhe atravessou o espírito. Fulmina-o. Seus braços tremem; suas pernas vacilam. E o machado escapa-lhe das mãos. Racha o crânio da mulher e fica enterrado lá. Sem um grito, a velha desaba sobre o tapete vermelho e preto. Seu véu com motivos de flores de macieira flutua no ar antes de cair sobre o corpo gordo e flácido. Ela treme de espasmos. Respira mais uma vez. Talvez duas. Seus olhos arregalados fixam Rassul, de pé no meio do cômodo, sem fôlego, mais lívido que um cadáver. Seu *patou* escorrega dos ombros salientes. O olhar aterrorizado se perde na onda de sangue, este sangue que escorre do crânio da velha e se confunde com o vermelho do tapete, recobrindo assim seus contornos escuros, depois flui lentamente para a mão carnuda da mulher, que segura um maço de notas. O dinheiro ficará manchado de sangue.

Mexa-se, Rassul, mexa-se!

Inércia total.

Rassul?

O que é que o detém? No que pensa?

Em *Crime e castigo*. É isso, em Raskólnikov, em seu destino.

Mas antes de cometer esse crime, no momento em que o premeditava, jamais pensara nisso?

Aparentemente não.

Ou talvez essa história, escondida no mais fundo de seu ser, o tenha incitado ao assassinato.

Ou talvez...

Ou talvez... O quê? É de fato o momento de refletir sobre seu ato? Agora que você matou a velha, só lhe resta pegar seu dinheiro, suas joias e fugir.

Fuja!

Ele não se mexe. Permanece de pé. Abatido, como uma árvore. Uma árvore morta, plantada na laje da casa. Seu olhar acompanha o filete de sangue que chega quase até a mão da velha. Que ele esqueça o dinheiro! Que deixe esta casa, rápido, antes que a irmã da velha chegue!

A irmã da velha? Essa mulher não tem irmã. Ela tem uma filha.

Pouco importa se é sua irmã ou sua filha, isso não muda nada. Nesse momento, não importa quem entra na casa, Rassul será obrigado a matá-lo também.

O sangue, pouco antes de tocar a mão da mulher, mudou de direção. Agora escorre para uma parte remendada do tapete, onde forma uma poça, não distante de uma pequena caixa de madeira transbordando de correntes, colares, braceletes de ouro, relógios...

Por que se preocupar com todos esses detalhes? Pegue a caixa e o dinheiro!

Ele fica de cócoras. Sua mão hesita em estender-se para lhe arrancar o dinheiro. A mão dela já está dura, fechada como se continuasse viva e segurando com força o maço de notas. Ele insiste. Em vão. Perturbado, seu olhar pousa nos olhos da mulher, sem alma. Ele percebe o reflexo de seu rosto. Seus olhos, que parecem sair das órbitas, lhe recordam que a última visão que a vítima guarda de seu assassino se incrusta em suas pupilas. O medo o invade. Ele recua. Sua imagem na íris da velha desaparece calmamente atrás de suas pálpebras.

— *Nana* Alia? — uma voz de mulher ressoa na casa. Aí está ela, aquela que não deveria vir. Rassul, você está perdido!

"*Nana* Alia?" Quem é? Sua filha. Não, não é uma voz de jovem. Tanto faz. Ninguém deve entrar neste quarto. "*Nana* Alia!" A voz se aproxima, "*nana* Alia?", sobe a escada.

Rassul, fuja!

Exasperado, sai em disparada, precipita-se em direção à janela, abre-a e salta para o telhado da casa vizinha, deixando para trás o *patou*, o dinheiro, suas joias, o machado... tudo.

Já no beiral do telhado, hesita em saltar para a viela. Mas o grito de pavor que ecoa do quarto de *nana* Alia faz vacilarem suas pernas, o telhado da casa, a montanha... Ele se joga e aterrissa com violência. Uma dor viva trespassa seu tornozelo. Não tem importância. É preciso se levantar. A viela está deserta. É preciso se salvar.

Ele corre.

Corre sem saber para onde vai.

E só se detém em meio a um monte de lixo, em um beco onde o fedor faz arderem as narinas. Mas não sente mais nada. Ou está pouco se lixando. Permanece lá. De pé, apoiado contra o muro. Percebe o tempo todo a voz estridente da mulher. Não sabe se é ela que continua a berrar ou se é ele que está possuído pelo grito. Segura a respiração. A rua, ou sua cabeça, fica subitamente quieta. Afasta-se do muro para continuar a fugir. A dor no tornozelo o paralisa. Seu rosto se retorce. Apoia-se de novo contra o muro, ajoelha-se para massagear o pé. Mas alguma coisa começa a ferver dentro dele. Com uma sensação de náusea, inclina-se um pouco mais para vomitar um líquido amarelado. O beco com todo seu lixo gira em torno dele. Segura a cabeça entre as mãos e, com as costas grudadas no muro, escorrega para o chão.

De olhos fechados, permanece imóvel por um bom tempo, a respiração suspensa, como para escutar um grito, um gemido que viria da casa de *nana* Alia. Nada. Nada, a não ser o sangue pulsando em suas têmporas.

Talvez a mulher tenha desmaiado ao descobrir o cadáver.

Espera que não.

Quem era essa mulher, esse tipo abominável que pôs tudo a perder?

Era de fato ela ou... Dostoiévski?

Dostoiévski, sim, é ele! Com seu *Crime e castigo*, ele me fulminou, me paralisou. Ele me impediu de seguir o destino de seu herói, Raskólnikov: matar uma segunda mulher — esta, inocente; levar o dinheiro e as joias que me teriam evocado meu crime... tornar-me presa de meus próprios remorsos, afundar num abismo de culpabilidade, acabar numa prisão...

E então? Isso seria melhor do que fugir como um pobre imbecil, um criminoso idiota. Com sangue nas mãos, mas com nada nos bolsos.

Que absurdo!

Dostoiévski, maldito seja!

Suas mãos comprimem nervosamente seu rosto, depois perdem-se em seus cabelos crespos para se juntarem atrás, em sua nuca banhada de suor. E, subitamente, um pensamento lancinante o aflige: se a mulher não for a filha de *nana* Alia, ela pode roubar tudo e ir embora tranquilamente. E eu, então? Minha mãe, minha irmã Donia e minha noiva Souphia, o que será delas? Foi justamete por causa delas que cometi esse assassinato. Essa mulher não tem o direito de se aproveitar dele. É preciso que eu volte lá. Aos diabos com meu tornozelo!

Ele se levanta.

Retoma o caminho.

Volta ao lugar do crime. Que armadilha! Como todo mundo, você sabe muito bem que voltar ao lugar do crime é um erro fatal. Um erro que provocou a perda de tantos hábeis criminosos. Você não ouviu a palavra dos velhos sábios: o dinheiro é como a água; quando vai embora, não retorna jamais? Tudo está acabado. E nunca esqueça que um malfeitor tem apenas uma chance em um negócio; se fracassa, tudo está perdido, toda tentativa para resgatar seu golpe lhe será nefasta, inelutavelmente.

Ele para, dá uma olhada nas redondezas. Tudo está calmo e silencioso.

Depois de massagear o tornozelo, retoma o caminho. Não está convencido da palavra dos sábios. Com passos decididos e rápidos, chega ao cruzamento de duas ruas. Para de novo, apenas o tempo de recuperar o fôlego antes de entrar naquela que leva ao lugar do crime.

Tomara que a mulher tenha de fato desmaiado ao lado do cadáver da velha.

Ei-lo na rua de sua vítima. Surpreso com o silêncio que reina na casa, diminui o passo. Ao vê-lo, um cão refastelado à sombra de um muro ergue-se pesadamente e rosna com dificuldade. Rassul fica paralisado. Hesita. Deixa passar o tempo para convencer-se, a contragosto, da idiotice de sua curiosidade. Quando está indo embora, ouve passos apressados no pátio da casa de *nana* Alia. Em pânico, estreita-se contra o muro. Uma mulher usando um *tchadari* azul-claro sai da casa e, sem fechar a porta atrás de si, apressa-se em deixar o lugar. É ela? Sem dúvida. Já tendo roubado o dinheiro e as joias, foge.

Ah, não! Aonde vai assim, infiel? Você não tem o direito de pegar esse dinheiro, essas joias. Elas pertencem a Rassul. Alto lá!

A mulher acelera o passo, desaparece em uma viela. Apesar da dor em seu entorse, Rassul lança-se no seu encalço. Ele a encontra em um alpendre escuro. Ruídos de passos, acompanhados de gritos de adolescentes que descem a viela, refream seu ímpeto. Gruda na parede para se esconder. Apesar da pressa, a mulher recolhe-se para deixá-los passar. Seu olhar, através da viseira do *tchadari*, cruza o de Rassul, que, aproveitando-se desse momento, massageia uma vez mais o tornozelo dolorido. Ela retoma o passo e segue os adolescentes, ainda mais apressada e perturbada que antes.

Mancando, sem fôlego, ele se lança novamente em sua perseguição. Num cruzamento, embrenha-se em outra rua, maior, com mais gente. Ao chegar lá, Rassul para de repente, estupefato, vendo dezenas de mulheres usando *tchadari* azul-claro e andando com passos curtos e apressados. Qual delas seguir?

Desesperado, ele avança, vagueia nessa onda de rostos cobertos de véus. Espreita o menor indício — uma mancha de sangue no canto de um *tchadari*, uma caixa escondida debaixo do braço, um zelo suspeito... Não percebe nada. Tomado de vertigem, segura-se para não desmaiar. Sente náuseas novamente. Em bicas, recolhe-se à sombra de um muro, inclina-se para vomitar novamente uma bílis amarelada.

Diante de seu olhar estúpido, desfilam os pés dos passantes. Extenuado, ouve cada vez menos o barulho. Tudo mergulha no silêncio: o vaivém das pessoas, suas conversas, a algaravia dos vendedores ambulantes, o barulho das sirenes e da circulação...

A mulher desapareceu. Perdida no meio de outras, sem rosto.

Mas como pôde fugir e deixar *nana* Alia — sua parente, sem dúvida — em tal estado? Ela gritou, foi tudo. Nem sequer pediu socorro. Com que habilidade precisou calcular seu golpe, tomar a decisão e roubar tudo. E isso sem cometer crime nenhum! Cadela!

Sem cometer crime nenhum, sem dúvida, mas ela cometeu uma traição. Ela traiu seus parentes. A traição é pior do que o crime.

É um momento mal escolhido para arquitetar uma teoria, Rassul. Olhe, alguém te oferece dinheiro, cinquenta afeganes.

Ele me toma por quem, esse homem?

Por um pedinte. Miseravelmente ajoelhado na calçada, com essas roupas sujas e surradas, a barba mal feita, os olhos fundos e os cabelos imundos, você se parece mais com um pedinte do que com um criminoso. Mas com um pedinte que não se joga sobre o dinheiro.

O homem, incrédulo, insiste, chacoalhando a nota diante dos olhos desvairados de Rassul. Nada a fazer. Ele enfia o dinheiro em sua mão ossuda e vai embora. Rassul baixa seu olhar em direção à nota.

Eis o prêmio por seu crime!

Um sorriso amargo faz tremer seus lábios exangues. Fecha o punho, prepara-se para levantar-se, mas, de repente, ressoa um barulho assustador que o mantém preso ao chão.

Um míssil explode.

A terra treme.

Algumas pessoas se jogam no chão. Outras correm e gritam.

Um segundo míssil, mais próximo, mais assustador. Rassul também se lança ao chão. Ao seu redor, tudo mergulha no caos, um alarido. De um gigantesco incêndio se desprende uma fumaça negra que invade todo o bairro, ao pé da montanha Asmaï, no centro de Cabul.

Depois de alguns minutos, cabeças, semelhantes a cogumelos empoeirados, erguem-se pouco a pouco em um silêncio opressivo. Exclamações por toda parte:

— Eles atingiram o posto de gasolina!

— Não, é o Ministério da Educação.

— Não, o posto de gasolina...

Não distante de Rassul, à sua direita, um velho de barriga chata e olhar desesperado busca alguma coisa no chão, resmungando sob a barba: — Vão se foder com seu posto de gasolina, com seu ministério... Onde estão meus dentes? Deus, de onde tirastes esse exército de Gogue e Magogue?[1] Meus dentes... — Ele apalpa o chão debaixo de sua barriga: — Não viu minha dentadura? — pergunta a Rassul, que o encara com um olhar oblíquo como para se perguntar se o velho não foi atingido. — Ela caiu da minha boca. Eu a perdi...

— Vamos, *bâba*, será que uma dentadura serve em tempos de fome e de guerra? — pergunta-lhe um barbudo deitado à sua frente, fazendo chacota.

— Por que não? — rebate o velho com firmeza, orgulhoso, indignado com tal reflexão.

— Que felizardo! — diz o barbudo, que se levanta e tira a poeira da roupa. Com as mãos nos bolsos, afasta-se sob o olhar desconfiado do velho, que resmunga:

---

1. Surgidos primeiramente nos livros bíblicos do Gênesis e de Ezequiel, representam na tradição muçulmana (em árabe, Yajuj e Majuj) dois irmãos que, após o dilúvio, buscaram refúgio nas montanhas do Extremo Oriente, dando origem, então, a descendência muito numerosa. [N.T.]

— *Koss-mâdar*, esse filho da puta roubou minha dentadura... tenho certeza de que ele a roubou. — Em seguida, volta-se para Rassul: — Tinha incrustado nela cinco dentes de ouro. Cinco dentes! — Após um olhar rápido na direção do barbudo, ele prossegue com voz queixosa: — Minha mulher insistia para que eu a vendesse para as despesas da casa. Ela penhorou minha dentadura várias vezes. Mas, sempre que meu filho me enviava algum dinheiro do exterior, eu a resgatava. Eu a havia tirado do penhor nesta tarde! — Ele se levanta e avança em meio à multidão, talvez no encalço do homem.

Rassul gostou da ironia do barbudo, não tanto por seu cinismo, mas porque detesta as próteses dentárias de ouro, sinal exterior de avareza em toda sua feiura. *Nana* Alia também tinha duas. Se tivesse tempo, adoraria tê-las arrancado!

Tempo ele teve, mas não foi habilidoso; caso contrário, não estaria ali, tão digno de dó, com essa nota de cinquenta afeganes na mão.

Ele se levanta no meio das pessoas, que de novo se agitam, correm para todos os lados e tentam se recompor como podem, cobrindo narizes e bocas para não sufocarem em meio à fumaça e à poeira. A maior parte segue na direção do incêndio. As chamas e a fumaça sobem cada vez mais alto. Rassul também se aproxima. Os cadáveres em brasa fazem-no recuar, porém a voz de um homem que atravessa a nuvem de fumaça pede que o ajude. Ele tenta carregar em suas costas uma jovem ferida.

— Estou sozinho aqui. Esta infeliz ainda está viva. — Rassul sai em seu socorro, toma a jovem nos braços e se afasta, em seguida entrega-a de volta. — É preciso ir embora daqui! O reservatório vai explodir — grita o homem, espalhando um sopro de pânico entre todos aqueles que tentam apagar as chamas.

Rassul retoma o caminho que leva à montanha Asmaï. Seu olhar cansado se perde nas vielas estreitas e sombrias que serpenteiam a lateral da colina e formam um verdadeiro labirinto, uma extensão de milhares de casas, todas de terra, encaixadas umas nas outras, em andares, até o cume da montanha que divide geograficamente, politicamente, moralmente, em seus sonhos e pesadelos, a cidade de Cabul. Dir-se-ia um ventre prestes a explodir.

Olhando-se de baixo, é possível distinguir o telhado da casa de *nana* Alia. Uma casa grande, de fachada verde e janelas brancas.

Agora que a mulher se foi, é possível voltar lá, apenas para dar uma olhada; nada mais que isso.

Com muita dificuldade, sobe a encosta íngreme da rua até chegar a um alpendre, quando então três homens armados, furiosos, surgem de uma viela. Rassul abaixa a cabeça para esconder o rosto e ouve apenas suas vociferações.

— Esses veados, agora atacam nosso posto de gasolina…

— Dois mísseis! Vamos enviar oito para demolir o deles. Seu bairro ficará em ruínas, banhado de sangue!

Eles desaparecem.

Rassul continua seu caminho. Antes de chegar à rua de sua vítima, faz uma pausa. As pernas tremem. Respira profundamente. O cheiro de podridão se mistura ao de gasolina e pólvora. O ar ainda está mais pesado, irrespirável. Há também outro cheiro, um cheiro de carne, de carne queimada. Assustador. Rassul tapa o nariz. Dá o primeiro passo. O segundo passo é hesitante, freado pela imagem do cadáver de *nana* Alia que Rassul esboça em seu espírito esgotado. Impossível rever esse cadáver assassinado por suas próprias mãos; essas mãos que estremecem, que se agitam, que transpiram. É preciso abandonar tudo, tudo.

Ele gira sobre os calcanhares. No entanto, uma curiosidade mórbida, quase patológica, faz com que pare de novo. Lá devem estar a polícia, os parentes, vizinhos, lágrimas, gritos...

Certo daquilo que irá ver, dá meia volta. Avança. Nada, como sempre. Com precaução, penetra no silêncio enfumaçado da rua, até chegar diante da casa. Nenhuma alma viva. A não ser esse cão preguiçoso que não se levanta nem para latir.

Atordoado, Rassul chega à porta da casa. Fechada. Ele a empurra. Ela não abre. Portanto, alguém a fechou por dentro. Mas, então, por que esse silêncio, esse torpor?

Tudo isso cheira mal.

Volte para casa!

Ele não volta para casa. Vagueia pela cidade. Já faz quase três horas que caminha. Sem pressa. Sem se preocupar com seu tornozelo machucado. Já o esqueceu. Só para quando chega à margem do rio Cabul. É o cheiro de latrina que o faz voltar a si, esse cheiro fétido que sobe do leito do rio neste fim de verão. Com a imobilidade, a dor retorna e o impede de continuar a vagar. Apoia-se no parapeito e massageia o tornozelo.

O ar fica cada vez mais irrespirável. Rassul tosse. Uma tosse difícil, silenciosa.

A garganta está áspera.

A língua está seca.

Nenhuma gota de esperança nem em sua boca, nem no rio; nem no céu.

O velho sol, enfraquecido por um véu de poeira e fumaça, vai tristemente deitar-se detrás das montanhas... Deitar-se, o sol? Que metáfora estúpida! Não, o sol não se deita jamais. Ele vai para o outro lado da Terra, com pressa de brilhar em regiões menos tristes. Me leva com você!, pode-se ouvir Rassul gritando em seu íntimo. Olhos franzidos, fixando o sol, ele avança alguns passos, depois para. Protegendo os olhos com as mãos, lança um olhar furtivo ao redor como para assegurar-se, discretamente, de que ninguém percebeu seus delírios silenciosos. E não, meu pequeno Rassul, o mundo tem outras preocupações além de observar um pobre louco!

Volte para casa. E durma!

Dormir? É possível?

Certamente que sim. Você vai fazer como Raskólnikov, que, depois do assassinato da usurária, volta para casa e se deixa afundar, febril, em seu divã. Bem, se você não tem divã, ainda assim você tem um colchão, imundo, que o aguarda piedosamente sobre o chão.

E depois?

Nada. Você dorme.

Não, eu desmaio.

Bem, você desmaia, se quiser, pouco importa; e isso até de manhã. De manhã, quando acordar, irá perceber que tudo isso não passou de um pesadelo.

Ah, não, não posso esquecer tudo tão facilmente.

Mas sim. Veja, você não tem nada na sua casa que o faça pensar no assassinato. Nem dinheiro, nem joias, nem machado, nem...

Sangue!

Ele se detém subitamente. Em pânico, verifica suas mãos, nada; suas mangas, nada; seu colete, nada; mas na parte de baixo de sua camisa há uma grande mancha. Por que nesse lugar? Não, não é o sangue de *nana* Alia. É o da jovem que você salvou.

Essa confusão o perturba. Apalpa-se uma vez mais. Nenhuma outra gota de sangue. Nenhum vestígio do assassinato. Como é possível?

É provável que você não o tenha cometido. Era apenas sua pobre imaginação. Sua identificação demasiado ingênua com um personagem de romance. Uma banalidade, e nada mais! Agora, você pode voltar para casa tranquilamente. Pode até se esquecer de que prometera ontem a Souphia, sua noiva, passar esta noite na casa dela. Considerando-se seu estado, não encontre ninguém.

Sim, não irei lá. Mas estou com fome.

Agora que tem cinquenta afeganes, você pode comprar pão e algumas frutas. Faz vários dias que não come nada.

Assim, sua barriga vazia o leva à praça Joyshir. A padaria está fechada. No outro canto da praça, um velho comerciante está arrumando sua quitanda. Após um instante de indecisão, Rassul segue lentamente em direção à loja. Mal dá três passos quando uma algazarra o paralisa.

— Não, não, não peguem nada! — Uma mulher usando um véu sai de uma das vielas, correndo e gritando como uma louca. — ... É carne... a carne das... — Ela para no meio da praça, surpresa de encontrar o lugar tão vazio e tão silencioso. Deixa-se cair no chão, pranteando: — A carne das meninas... anteontem, eles a distribuíam diante do mausoléu... — Ela só encontra Rassul para quem derramar suas lágrimas: — Juro, irmão, não estou mentindo. Eu vi... — e estica-se em sua direção — ... a oferenda que me deram — baixa a voz —, eram os seios de uma jovem! — tira sua mão do *tchadari* —, juro, irmão... os mesmos homens que distribuíam a oferenda, aqui, agora há pouco... eram eles — tira o véu —, os mesmos... noutro dia... diante do mausoléu... — e enfim se cala. Depois, enxugando as lágrimas com o *pan* de seu *tchadari*, pede com uma voz fraca: — Irmão, você tem dinheiro? Tenho três crianças para alimentar.

Rassul, sem dizer palavra, tira a nota de cinquenta afeganes e a entrega à mulher, que se joga a seus pés.

— Obrigado, meu irmão, que Alá o proteja!

Cansado das lamúrias da mulher, mas sentindo-se orgulhoso em sua alma, afasta-se.

Que gesto! Como se fosse tão fácil resgatá-lo.

Não. Não quero de modo algum me resgatar.

Então por que esse ato de caridade? Você não vai dizer que é por compaixão?! Ninguém jamais irá acreditar em você. É simplesmente para se convencer de que, apesar de tudo, você é de boa cepa. Mesmo se é capaz de matar uma criatura nefasta, pode impedir que uma pobre família morra de fome. O que conta é sua intenção; que...

Sim! E isso é o que conta para mim: meu...

Seu pé tropeça em uma grande pedra. A dor no tornozelo crispa-lhe o rosto. Um instante, ele para. Para não só de caminhar, mas também de repisar o discurso de Raskólnikov. Deus (ou a pedra) seja louvado (a)!

O caminho a percorrer até a casa em que mora não é longo. Pode caminhar tranquilamente.

Quando chega diante da porta, aguarda um instante e verifica uma vez mais — tanto quanto a luz do anoitecer permite — se há nele outros vestígios de sangue. Sempre a mesma mancha, que ele avalia se é o vestígio de seu crime ou a marca de sua virtude.

Respira profundamente antes de entrar no pátio em que ressoam os gritos de alegria das duas filhas do proprietário da casa, balançando-se em uma corda presa a um galho da única árvore, que está morta. Na ponta dos pés, Rassul sobe a escada que leva a seu quartinho, localizado do outro lado do pátio. Quando atinge o último degrau, o grito das meninas fica mais forte: "Salam *kâkâ* Rassul!"

É só o tempo de abrir a porta e uma outra voz, rouca e ameaçadora, o impede de deslizar para o interior.

— Ei, Rassul, até quando acha que vai se salvar? — É Yarmohamad, o proprietário. Rassul volta-se, amaldiçoando em silêncio suas filhas. Usando um gorro para orações, Yarmohamad está na moldura da janela: — Então, onde está seu aluguel? Hein?

Contrariado, Rassul desce a escada com dificuldade e vai para debaixo da janela dizer que, assim como lhe prometera ontem, ele saiu à rua hoje para recuperar seu dinheiro, mas não conseguiu. A mulher que lhe devia foi embora. Ele a procurou o dia todo. Mas...

Mas ele sente uma estranha sensação de vazio na garganta. Som algum sai dela. Tosse. Uma tosse vazia. Seca. Sem barulho. Sem matéria. Respira profundamente e tosse de novo. De novo, nada. Inquieto, tenta dar um grito, somente um grito, não importa. E novamente não sai nada, a não ser uma respiração abafada, risível.

O que eu tenho?

— Então? — impacienta-se Yarmohamad.

Que espere! Há algo de grave acontecendo. Rassul não tem mais voz.

Tenta uma vez mais inspirar profundamente, reunir forças no peito, impelir as palavras em direção aos lábios. Em vão.

— Encontrou essa pessoa que lhe devia dinheiro? — grita Yarmohamad em tom debochado. — Me dê seu nome, então! E amanhã terá sua gaita. Ande, me dê seu nome...
— Se você soubesse, Yarmohamad, não ousaria falar dessa maneira com Rassul. Ele a matou. Ele o mata também se aborrecê-lo demais. Olhe todo esse sangue nele!

Rassul passa a mão na camisa manchada de sangue, fazendo calar-se Yarmohamad, que, com medo, retira-se para seu quarto, resmungando:

— Conversa fiada! Sempre as mesmas balelas...

Deixe-o praguejar, Rassul. Você conhece a sequência: ele irá voltar à janela para dizer-lhe que, se o aturou tanto durante dois anos, é por respeito a seu primo Razmodin; que, sem a amizade dele, já o teria posto no olho da rua; que agora acabou, que não conte mais com ele, nem você, nem seu primo, etc.

Faça-se de surdo e volte para seu quarto. Não olhe para ver se Rona, sua mulher, está lá ou não.

Ela está lá, certamente, atrás de outra janela. Ela encara Rassul com um olhar desolado como para se desculpar. Ela o ama. Ele, Rassul, desconfia disso. Mas ela não o desagrada. Ele se masturba com frequência pensando nela. Sua desconfiança vem do fato de que ainda não sabe que gênero de sentimento — paixão ou compaixão — nutre por ela. Se for compaixão, ele a detestará. E, se for paixão, isso irá deteriorar ainda mais suas relações com Yarmohamad. Então, de que serve pensar nisso? Que volte para o quarto. Que repouse para reencontrar sua respiração e sua voz.

O rangido seco da porta agita um exército inteiro de moscas que se convidaram para entrar na esperança de encontrar algo para sugar. Não há nada aqui. Quantos livros espalhados; um colchão imundo; algumas roupas velhas, penduradas na parede; uma bilha de argila em um canto do cômodo. E é tudo.

Rassul abre caminho empurrando com o pé os livros dispersos em torno do colchão. Cai na cama, sem tirar os sapatos. Ele precisa de um momento de trégua.

Fecha os olhos. Respira com regularidade, tranquilamente, lentamente.

Sua língua não é mais do que um pedaço de madeira ressecada.

Levanta-se.

Bebe.

Volta para a cama.

Sua garganta está sempre seca e vazia, muda.

Respira profundamente, respira nervosamente.

Como sempre, nada vibra.

Angustiado, senta-se e bate no peito. Em vão. Bate de novo, desta vez mais forte.

Calma! Não há razão alguma para se inquietar. É apenas um véu na garganta, um mal-estar respiratório. Nada mais que isso. Você precisa dormir. Amanhã, se isso continuar, você irá ver um médico.

Estica-se, vira-se contra a parede. Corpo dobrado, mãos presas entre os joelhos, olhos fechados, ele dorme.

Dorme até quando o chamado para a prece se eleva, e os disparos, que se ouvem do outro lado da montanha, se tornam mais esparsos. E depois o silêncio. É esse silêncio inquietante que o desperta.

Febril. Sem força para se levantar. Nem vontade. Com apreensão, tenta novamente forçar a voz. A respiração sai sempre com violência, mas sem palavra alguma. Cada vez mais perturbado, fecha novamente os olhos, mas os gemidos abafados de uma mulher deixam-no sobressaltado. Fica imóvel. Retém a respiração descompassada e fica à escuta. Nenhum outro grito, nenhuma outra voz. Intrigado, ergue-se lentamente, vai à janela e, através das moscas presas em cachos sobre a vidraça, dá uma olhada no pátio. Sob a luz da lua fria e sem vida, o pátio está vazio, triste e em estado de torpor.

Após algum tempo, acende uma vela. Do meio dos livros, tira um caderninho, abre e rabisca em uma página:

"Hoje matei *nana* Alia", depois joga-o num canto, entre os livros.

Bebe água.

Apaga a vela.

Volta para a cama.

Na parede, bem acima de seu corpo fatigado, a lua projeta uma cruz, a sombra da janela.

"Era um dia de primavera. O Exército Vermelho já havia deixado o Afeganistão, e os mujahadins *ainda não haviam tomado o poder. Eu acabava de voltar de Leningrado. Por que fui para lá é uma outra história, que não posso contar aqui, neste caderno. Voltemos a esse dia onde encontrei você pela primeira vez. Já faz quase um ano e meio. Foi na biblioteca da Universidade de Cabul, onde eu trabalhava. Você veio pedir um livro, mas levou meu coração. Quanto a você, seu olhar, fugidio e pudico, me intimou a parar de respirar, teu nome se impregnou em minha respiração: Souphia. Tudo parou ao meu redor, o tempo, o mundo... para que você, somente você, pudesse existir. Sem lhe dizer uma palavra, eu a segui até sua classe; cheguei até a esperá-la na saída do curso. Mas era impossível aproximar-me de você. Depois, era sempre a mesma história. Fazia tudo para cruzar seu caminho, para lançar-lhe um olhar, para dirigir-lhe um sorriso, e nada mais. Por que não conseguia confessar-lhe meu amor? Não conseguia compreender. Por falta de audácia? Ou por*

orgulho? Não importa a razão, toda nossa história se resumia a esse olhar furtivo e a esse sorriso discreto, que, talvez, você não percebesse; e, mesmo se percebesse, não ousaria, por timidez ou pudor, me responder.

Foi esse amor que fez com que eu me instalasse neste bairro Dehafghanan, ao pé da montanha de Asmaï, a dois passos da sua casa. Àquela época você vivia em outra casa, aquela que dominava a cidade, bem próxima dos grandes rochedos que eu queria talhar, como Farhad[2], para esculpir sua efígie.

Todas as manhãs eu a acompanhava discretamente até a universidade e, nas tardes, até em casa. Você não tomava o ônibus, talvez de propósito. Cabelos cobertos por um véu ligeiro, olhos imóveis ao sol, você caminhava lentamente. Coração acelerado por estar sendo acompanhada — ainda que a distância — por mim, seu amante, não é? Mesmo assim, certo dia você ousa provocar um incidente para que eu pudesse abordá-la. Um golpe bem clássico: você deixou cair seu caderno no chão, esperando que eu fosse pegá-lo e devolvê-lo. Mas não, o golpe falhou! Sim, eu o recolhi, mas nunca lhe devolvi. Eu o levei comigo, apertado contra meu peito, como o Corão. E é nesse caderno que escrevo."

É o mesmo que ele acaba de pegar para anotar: "Hoje matei *nana* Alia."

---

2. Nome de uma princesa armênia, a amada de Farhad no poema épico em versos persa *Khosrov e Sheerin*. [N.T.]

Ele também escreveu poemas, narrativas, todas certamente dirigidas a Souphia, mas que ela ainda não leu, como este: *"Escura é a terra. Escuro é o dia. E olhe para mim, Souphia, neste império das trevas, meu coração se exalta. Pois, nesta noite, ele a reencontrou!*

Você não me vê. E talvez nem tenha sabido que, nesta noite, jantei em sua casa. Sim, fui a sua casa, com seu pai, até cruzei com seu irmão Dawoud.

Faz quase um ano e dois meses que a perdi de vista. Ou, mais exatamente, um ano e quarenta e seis dias. Sim, é isso. Há um ano e quarenta e seis dias parti para Mazar-é Sharif[3] *para reencontrar minha família. Porém, não havia lugar para mim em minha casa. Meu pai, que queria tanto que eu fizesse meus estudos na União Soviética, no país de seus sonhos, estava decepcionado com meu retorno. Não me tolerava mais. Sete meses depois, eu os deixei. E, quando voltei a Cabul, outra guerra acabara de começar, desta vez uma guerra fratricida, onde não se atira mais em nome da liberdade, mas por vingança. A cidade toda enfiou a cabeça debaixo da terra. Esqueceu-se da vida, do amor... Sim, nessa cidade voltei a procurá-la. Mas você não morava mais na mesma casa. Partiu para longe, mas para onde? Ninguém sabia.*

Hoje, nesta tarde, fui à tchaykhâna. *Uma nuvem de fumaça de tabaco dominava a casa de chá, cheia de*

---

3. Durante a tomada da cidade de Mazar-é Sharif, em 1998, cerca de quatro mil civis foram executados pelos talebãs e muitos outros, segundo relatório da Organização das Nações Unidas, foram torturados. [N.T.]

barbudos, e eu estava sentado num banco num canto e bebia chá. Os passos de um homem, que subia com muita dificuldade a escada de madeira, atraíram minha atenção. Era seu pai, Moharamollah, que perdera uma perna, com muletas debaixo do braço. Não conseguia acreditar. Meu entusiasmo se desfez rapidamente. Dois amigos o seguiam. Um, sem muletas, mancava muito e sofria; o outro perdera o olho e o braço direito. Todos os três 'viajavam', após terem fumado haxixe no subsolo, na sâqikhâna. *Sentaram-se no meu canto, perto de mim. Afastei-me prontamente para lhes dar lugar. Seu pai sentou-se ao meu lado. Lançou-me um olhar penetrante, que me obrigou a sorrir. Meu sorriso o irritou. Com voz rouca e arrastada, perguntou-me:*

— É por causa da vitória de vocês que está sorrindo? — apontando em minha direção o coto de sua perna cortada. — Eu OS *felicito por essa vitória,* brâdar! *— Refreei meu sorriso. Aproximei-me para dizer que eu não era nem* dabarish, *barbudo,* nem tavarish, *camarada... nem vencido e menos ainda vencedor. E, alisando minha barba, assegurei-lhe: esta pele era apenas um "presente" da guerra. Tenho a impressão de que ele ficou sem ação com essa resposta bem formulada. Ele suavizou seu olhar e me perguntou, com voz calma, de onde eu vinha. Daqui, de Dehafghanan. — É a primeira vez que o vejo — disse, me sondando.*

Tentei explicar-lhe que, de minha parte, eu o conhecia muito bem, que estava apaixonado por sua filha, que...

Mas não me permiti fazê-lo. Nesse tempo de dúvidas e suspeitas, era desnecessário incomodar as pessoas. Então lhe disse que acabara de me mudar.

— *E o que é que você faz da vida?*

Enquanto inventava na cabeça uma profissão segura, um de seus camaradas, aquele que não tinha um dos braços, debochava, dirigindo-se ao outro:

— *Ei, Osman, agora nosso* tavarish *Moharamollah está virando inquisidor!*

— *Você sabe por que Allah-o-Al-âlîm, que conhece tudo, criou o gato sem asas?* — *perguntou Osman, o coxo.*

— *Porque ele teria comido todos os pássaros do céu!* — *respondeu o maneta.* — *Louvemos Alá, o Vigilante, que não fez de Moharamollah um mudjahid alado, senão...*

Caíram na risada. Teu pai, irritado, voltou-se para eles:

— *Esperem que eles cheguem, esses gatos alados e barbudos, eles vão foder vocês e vocês irão rir amarelo.* — *Depois dessa advertência, seus dois camaradas se tornaram pouco a pouco menos gozadores. O maneta aproximou-se dele e disse:*

— *Se estamos rindo, é porque já tomamos no cu!*

Sua réplica fez explodir de rir toda a casa de chá, inclusive Moharamollah; exceto o proprietário, que, enlouquecido, interveio:

— *Acalmem-se, eles irão invadir isso aqui e, dia desses, proibirão a* tchaykhâna *e a* sâqikhâna.

— *Eles irão tirá-la de você, sua* tchaykhâna! *Mas pela graça de nossos irmãos muçulmanos, os* brâdars, *o que não falta aqui é haxixe, a* sâqikhâna *e gente fodida — respondeu o maneta enxugando as lágrimas.*

Todo mundo riu às largas, e o dono perdeu a paciência. Foi ao balcão, retornou com uma tigela de água e jogou nos dois gozadores inválidos. Eles se sobressaltaram e pararam de rir.

— A gente paga para fumar e você estraga nossa chapação! — disse o maneta, levantando-se e resmungando sob a barba. Molhados, eles deixaram o salão de chá.

Teu pai permaneceu, com o semblante fechado. Virou-se para mim, que o olhava com ar alegre. Certamente que ele não entendia essa alegria. Ignorava que não eram as brincadeiras de seus companheiros que me agradavam, mas sua presença aqui, o encontro tão esperado com alguém de tua família, um sinal teu!

— Não ria de nós, jovem. Foi o destino que nos tornou ridículos, o destino — disse lentamente e em tom grave. Após um breve silêncio, prosseguiu: — O destino... Costuma-se dizer que ele um dia irá obrigar o espelho a contentar-se com as cinzas. Você sabe o que isso quer dizer? — Não esperou minha resposta. — Você sabe que o espelho é um vidro estanhado. E, quando o tempo leva embora o estanho, então recobrimos o vidro com a cinza! Sim, é ele, o destino, que transforma tudo em cinza... Que idade você tem?

— Vinte e sete anos.

— Tenho duas vezes a tua idade... E talvez mais... Uma vida digna!

Seu olhar ficou ausente, depois continuou:

— A guerra mata a dignidade do homem — *endireitou-se* —, *tenho o coração sangrando, mas não sangue nas mãos. Minhas mãos são puras...* — Ele mostra suas palmas. — *Eu também fiz a* djihad... *Mas da minha maneira...* — *aproximou-se* — *fui durante muito tempo o diretor administrativo dos Arquivos Nacionais. Ficavam em Sâlangwat, bem perto... Na época dos comunistas, os primeiros, aqueles que chamávamos de os* Khalqi. *Sim, naquela época havia um diretor geral, da raça dos cachorros, que vendia todos os arquivos aos russos. Sempre que um documento desaparecia, tinha vontade de estrangulá-lo. Era a história de nosso país que ele estava vendendo. Você entende? A História de nosso país! Você pode fazer qualquer coisa com um povo sem História, tudo! A prova...* — *A prova, ele a suprimiu, deixando que eu a encontrasse nas ruínas de nossas almas.* — *Em resumo, eu não podia fazer nada contra o diretor. Ele era* Khalqi... — *Ele cuspiu, enojado, e voltou-se para o dono da* tchaykhâna, *gritando:* — Moussa, *um chá para este...* — *mexendo a cabeça em minha direção.*

Um tempo, como para lembrar-se do que falava. Eu o ajudei.

— *Sim, bravo... o haxixe... ele confunde a memória. Não, não o haxixe, perdão!... o destino... ele joga cinzas sobre a memória! Para suportar o destino, é necessária uma boa quantidade de haxixe, para não sentir mais nada. Mas onde encontrar dinheiro agora? Se tivesse dinheiro, estaria lá embaixo, na* sâqikhâna...

Eu o convidei. Ele não recusou. Levantamo-nos, pedindo ao dono para servir o chá na sala de fumantes. Descemos. A área enfumaçada era iluminada pela luz amarela de uma lâmpada de petróleo suspensa no teto. Viam-se homens silenciosos, olhares perdidos, sentados em círculo ao redor de um grande cachimbo.[4] *Todos em transe. Teu pai encontrou um canto para nós. Ele fumou, eu não. Pouco a pouco, os outros se foram, e, quando ficamos apenas eu e ele, retomou a conversa:*

— O que é que eu estava te contando? — E o ajudei novamente. Ele prosseguiu: — Esse cachorro do diretor... Esse cachorro, a quem o destino havia dado asas, era um dos novos ricos, que ouvira falar de whisky, mas que nunca o bebera antes. Certo dia, pediu-me para levar-lhe uma garrafa. Ele não dizia whisky, mas wetsakay! *— explodiu de rir. — Você sabe o que significa* wetsakay *em pashtou? — Uma vez mais ele não me deu tempo de responder. — Isso quer dizer: Você quer beber? — Uma pausa, depois ficou sério. — Fui comprar um álcool local, o pior que encontrei, e misturei com um pouco de coca-cola e um pouco de chá! Dava pra dizer que era whisky. Enchi uma bonita garrafa e a fechei bem. Coisa de profissional! E levei para ele. Pedi-lhe seiscentos afeganes. À época, era muito dinheiro, você sabe! Depois disso, sempre me pedia* wetsakay, *e eu sempre lhe fornecia o mesmo álcool. Após alguns meses, seu fígado explodiu, arrebentado, acabado! KAPUTT!*

---

4. *Shilom* ou *chilom*: cachimbo para fumar haxixe, cuja base é cônica e horizontal. [N.T.]

Orgulhoso, tirou uma longa baforada do narguilé e soltou a fumaça na direção da lâmpada.

— *Então, diga-me, jovem, isso não era a* djihad*? Também posso pretender ser um* mudjahid, *um* brâdar, *um* Ghâzi*!* — *Eu não sabia o que responder. Olhava-o com tristeza.* — *Desde esse dia, invoco Alá e o interrogo sobre minha justiça e também sobre sua justiça! Escute, jovem, esse cão de diretor era um traidor que devia ser castigado. Foi o que fiz. Eu não podia esperar pela mudança de regime para processá-lo!* — *Mais uma tragada, e uma pausa.* — *Agora o regime mudou... Hoje qualquer cretino quer fazer justiça, sem investigação, sem processo. Como eu à época. Mas para quê? A finalidade do castigo é suprimir a traição, e não os traidores... Hoje me pergunto se esse gênero de julgamento e castigo não é em si mesmo um crime.*

Absorto até aqui pelos traços e voz de teu pai, tive de repente um sobressalto e lhe perguntei se lera Crime e castigo*. Pousou em mim um olhar cheio de incompreensão, depois explodiu de rir.*

— *Não jovem, não! A vida... Eu li a VIDA!*

E, de repente, calou-se. Por muito tempo. Eu também. Ele fumava. Eu refletia. Cada um em seu mundo. Meu mundo particular era habitado por você. Tentava fazer com que teu pai falasse de você. De repente, voltou a falar, mas de seu próprio mundo.

— *A vez dos* Khalqi *acabara e a vez dos russos começava. Foi um pouco antes da partida deles... Choviam mísseis por toda parte. E um deles atingiu os Arquivos. Estávamos todos na repartição. Com meus dois colegas, que você viu, corri para salvar das chamas os documentos mais importantes. Um outro míssil, e nós três estávamos banhados em sangue.* — Mexeu a cabeça, lamentando a coragem deles. — *Agora estamos inválidos. Quem nos dá uma medalha? Quem pensa em nós? Ninguém!* — De novo, silêncio. De novo, as lembranças, os remorsos, as lamentações... — *Desde então, permaneço em casa, com minha mulher e meus filhos. Tenho que alimentá-los, pagar o aluguel. Quem vai pagar tudo isso? Quando fui pedir-lhes dinheiro, me insultaram. Como trabalhei sob o regime comunista, trataram-me como traidor. Não tinha escolha, todos esses documentos preciosos que eu guardara, deixei-os como garantia na casa de meu proprietário, um militar que conhecia seu valor. Mas ele morreu, de parada cardíaca. Só sobraram sua mulher e sua filha. Depois de sua morte, precisei renegociar tudo com sua mulher...* nana *Alia, uma canalha! Uma suja inculta! Não somente jamais me devolveu os documentos como, além disso, sobe nosso aluguel todo mês. Não temos mais nada. Minha pobre mulher empenhou em troca deste lixo os objetos de seu dote, suas joias... Desde então, é minha filha que trabalha em casa para pagar os aluguéis.*

Souphia, ela está lá, portanto!, eu queria gritar, me levantar, me jogar nos braços de teu pai.

— *O que você faz da vida?* — me perguntou, arrancando-me de minha alegria interior: — *Como se chama?*

— Falei meu nome; disse-lhe que trabalhava na biblioteca da universidade. Após um silêncio, acompanhado de um olhar cheio de ternura, constatou: — Vê-se que você é culto, oriundo de uma boa família. — Mais uma pausa. — Tenho dois filhos. Uma moça e um rapaz. Minha filha é pura, inocente... — Levantou-se. — É tarde. Preciso voltar para casa. Ela fica preocupada comigo...

Deixamos a sala para fumar e nos perdemos na bruma desolada e poeirenta do crepúsculo. Após alguns passos em silêncio, seu pai voltou a falar como se nunca tivesse parado:

— Mas a guerra não conhece nem a pureza nem a inocência. É isso que me aterroriza na guerra. O sangue e os massacres não me dão medo. É quando a dignidade e a inocência perdem seu valor que fico apavorado. Assim como sua mãe, minha filha é a mais pura, a mais digna... — Silêncio novamente, longo dessa vez, até que paramos em frente a sua casa. — É aqui minha casa! — disse, ao abrir a porta. Tremendo estendi a mão para despedir-me, mas ele me impediu:

— Você entra? Você me convidou, me acompanhou até aqui, e acha que irei deixá-lo partir? — me convidou. Desde o primeiro momento em que pus um pé no interior, enchi meus pulmões com uma grande quantidade de ar, esse ar inalado por você. Guardei-o dentro de mim o máximo de tempo possível... Segui teu pai, que avançava no pátio exíguo, passando sob as escadas de vinhas em seu desabrochar primaveril. Cada vez mais perturbado,

temia o momento de nosso encontro. Meu olhar explorava tudo, esquadrinhava os cantos e os recantos do pátio, inspecionava as janelas fechadas dos quartos, percorria o telhado da casa de onde teu irmão, com uma pomba nos braços, nos olhava.

— Bom dia! — disse.

— Você ainda está no telhado?

— Havia um gato circulando por aqui — respondeu teu irmão, maliciosamente. Teu pai se voltou para mim:

— É Daoud, meu filho. Desde que as escolas fecharam, ele cuida das minhas pombas. Não posso mais subir lá em cima.

Entramos na casa. Teu pai me levou a um cômodo escuro onde acendeu uma vela; depois saiu, deixando-me acariciar com o pé o único kilim que havia no chão. Absolutamente excitado devido às minhas palpitações amorosas, hesitava em me sentar em um dos três colchões. Perguntava-me se você sabia que eu estava lá, em tua casa. Eh, não. Naquela noite, não pude vê-la, minha bem-amada. Após o jantar, deixei tua casa na esperança de voltar em breve."

Uma outra passagem:

"Na sexta passada, enquanto lagarteava na cama, buscando um pretexto para ir até tua casa, fui arrancado violentamente de meu torpor pela explosão de uma bomba que fez tremer o bairro. Apavorado, apressei-me em deixar o quarto e, movido por um estranho sentimento, corri em direção ao lugar da explosão. O que vi me deixou

petrificado. A casa de chá era apenas uma ruína em chamas de onde se erguia uma fumaça acre. Mulheres e homens se ocupavam em desenterrar os corpos encobertos pelos escombros. Pelo que diziam, compreendi que alguns haviam conseguido se salvar, mas outros ainda estavam presos debaixo deles. Comecei a ajudá-los a resgatar as vítimas. Em meio ao destroços, encontrei teu pai agonizante. Coloquei-o em uma carroça e o levei para casa.

E você, você abriu a porta para nós."

Souphia não reconheceu Rassul com sua barba cerrada. Também não se apresentou. Foi após ter chamado um médico e saído atrás de medicamentos que, pouco a pouco, recordou-se de seu rosto. Mas, entregue aos últimos suspiros de seu pai, ela rapidamente esqueceu a alegria desse reencontro. Naquela mesma noite, o destino de Souphia repousava entre suas mãos, entre suas mãos vazias, mas firmes.

Assim, encontrou uma outra família que reconheceu nele um homem, um salvador, um protetor... — adjetivos importantes para alguém assim tão orgulhoso.

Mas ei-lo hoje, exausto, inseguro, à beira do abismo, perdido em seus devaneios, mergulhado em pesadelos, sob a lua que escorre das paredes.

A sombra da janela se quebra agora sobre seu corpo febril.

Novamente um grito, igual ao de agora há pouco, contudo mais forte; em seguida, gemidos, mais dolorosos. Eles rasgam o silêncio do quarto e penetram violentamente no sono de Rassul, que se sobressalta e senta na cama, prendendo a respiração para ouvi-los melhor. De onde vêm esses lamentos? De quem? Faz um esforço para levantar-se. Sem força. A dor em seu pé! Tem a sensação de estar preso pelos tornozelos. Vai até a janela e levanta a cabeça para dar uma olhada no pátio. Distingue, em princípio, as duas filhas de Yarmohamad, que — de pé no terraço, cada uma delas com um lampião na mão — olham com estranha serenidade a árvore morta que Rassul não pode perceber bem. Ergue-se um pouco mais. O que vê lhe corta a respiração: Yarmohamad surge do corredor com uma grande faca à mão. Arremessa-se em direção ao corpo desnudo de uma mulher pendurada pelos tornozelos em um galho da árvore, com a corda do balanço. O olhar petrificado de Rassul volta-se para uma janela por trás da qual percebe Rona, segurando ela também um lampião. Mas não vê nem seu marido, nem a árvore, nem suas duas filhas. Ela está prestes, discretamente, a mandar-lhe beijos. Rassul, com um olhar estúpido, aproxima-se um pouco mais da janela. Yarmohamad faz girar o corpo, e o rosto da mulher aparece. É Souphia. Rassul grita. Um grito abafado, morto em seu peito. Yarmohamad começa a cortar os seios da jovem. Os gemidos se transformam em gritos. Rassul, incapaz de se manter em pé, bate contra a janela com fúria. Yarmohamad, imperturbável, acaba de cortar o seio de Souphia, que para de lamentar e gemer. Rassul continua a bater contra a janela até que o vidro se quebra.

De repente, o barulho da porta que se abre, a luz violenta das duas tochas que o cegam e as vociferações aterradoras de homens barbudos, armados com kalachnikovs e que tomam o quarto de assalto. Rassul, abatido ao pé da janela, no meio dos cacos de vidro, faz um grande esforço para se reerguer. Um deles corre em sua direção e bate-lhe na cabeça com o archote. Outro remexe suas pilhas de livros. "Comunista dos demônios, você se escondeu como um rato!" Rassul fecha os olhos, depois abre-os de novo na esperança de que as sombras do pesadelo tenham desaparecido. Inútil, eles estão sempre lá. E você, você não está mais em teu sonho. Defenda-se, faça alguma coisa!

O quê?

Tente acalmá-los, diga que você não é um comunista, que esses livros russos não são de propaganda comunista, mas obras de Dostoiévski. Grite!

— Os russos foderam tua mãe! — Um dos homens armados lhe abre o lábio com um livro; o sangue escorre.

Esqueça Dostoiévski! Diga outra coisa, suplique, jure em nome de Alá...

Ele tenta, mas Alá não ressoa em sua garganta.

Um dos homens bate nele com mais força ainda e o joga no chão. Rassul percebe Yarmohamad, que, de pé na soleira da porta, olha a cena não sem prazer. Um dos homens o interpela:

— Desde quando ele se esconde aqui?

Dá um passo para responder servilmente:

— Mais de um ano... Eu juro, foi pela amizade com seu primo que aluguei para ele este quarto. Seu primo, Razmodin, é um mudjahid direito e piedoso... Juro por Alá que esconde seus livros até de seu primo. Razmodin não é do tipo que acoberta um ímpio comunista, mesmo se for seu próprio irmão...

Rassul, enojado, quer protestar, ergue-se para se lançar sobre Yarmohamad, pegá-lo pelo pescoço, bater nele, fazê-lo voltar à razão. Um pouco de dignidade, Yarmohamad! Mas o pontapé que recebe no estômago o faz retorcer-se.

— Você tentava escapar?

Escapar? Não...

— Por que você quebrou a janela?

A janela? Não, mas é que... Confuso, Rassul se endireita com dificuldade para dar uma olhada no pátio onde tudo é sombrio, silencioso. Perturbação completa. Seu olhar inquieto pousa novamente sobre Yarmohamad, sobre suas mãos vazias, limpas.

— Vamos, venha conosco ao posto! — Levam-no, carregando sob os braços alguns livros russos como provas materiais.

Ao passar diante de Yarmohamad, Rassul o olha diretamente nos olhos para fazê-lo compreender que irá pagar caro por sua covardia. Ele o ouve murmurar:

— Razmodin também vai foder com você, com esses livros!

Não, esses dois homens não vieram à minha casa a essa hora para me moer de pancadas por causa dos meus livros. Alguém seguramente me denunciou pelo assassinato da velha. Está acabado! A mulher com o *tchadari* azul-claro. É ela. Ela se livrou de mim. Eu também vou dizer tudo... tudo. Vou denunciá-la como cúmplice. Ela não tem o direito de viver em paz, sem partilhar meu crime e meu castigo.

Ainda estou dormindo?

E esse silêncio — perturbado de tempos em tempos por cochichos, por ruídos de passos velados, por gemidos abafados… —, é em sonho que eu o percebo?

Abra os olhos e você saberá.

Abre subitamente os olhos, mas uma luz branca o cega. Fecha as pálpebras para reabri-las com delicadeza. Sempre a mesma luz. Presta atenção. Sempre os mesmos sons. Isso não é um sonho?

Não. Disso ele está seguro. Essa luz pálida, essas paredes brancas, essas vozes abafadas, lhe dão a impressão de estar em um hospital... Exceto pelo fato de que não está em um leito branco. Está quase deitado sobre um velho canapé de couro, com esse buraco na memória que tenta preencher com imagens e sons que o assaltam: os dois homens que o lincharam em seu quarto; a porta do Ministério das Informações e da Cultura; o feixe de luz ofuscante de um guarda que os para; os dois homens que o escoltam para subir a escada do edifício; a dor lancinante no tornozelo, um longo corredor, iluminado por lâmpadas fracas, onde jovens feridos cochilam deitados em um canto, enquanto outros fumam em cadeiras ou em velhas poltronas desconjuntadas; mais distante, outros, sentados no mesmo chão em torno de uma toalha, comem pão e queijo; ainda mais longe, três ou quatro homens limpam velhas espingardas russas; um velho recita o Corão; um outro cozinha no fogareiro, infestando o cômodo com um cheiro gorduroso e apimentado... Uma sensação estranha e inquietante toma conta de Rassul. Acredita viver uma cena já vivida. Pensa que atravessa, que volta a atravessar, de um lado para outro, esse corredor interminável, sob olhares desconfiados e pesados. Ele perde a consciência. Tudo fica escuro.

Ei-lo agora diante de um homem muito sério, que, atrás de uma grande escrivaninha, folheia seus livros russos, percorre os papéis que leva consigo no interior dos cadernos; e, atrás dele, os dois barbudos que o trouxeram aqui.

Endireita-se e atrai a atenção do homem postado atrás da escrivaninha. Calmo, vestindo um *pakol*, o rosto pontudo, a pela bronzeada, a barba cuidadosamente aparada. Ele para de ler e, com um ligeiro sorriso, pergunta a Rassul:

— *Watandâr*, você vem de onde?

Watandâr, eis uma palavra reconfortante, uma bela expressão quase esquecida desde que essa guerra fratricida teve início. Hoje em dia, raros são aqueles que chamam de "compatriota" as pessoas que não são de seu partido. Não tema nada, portanto!

De fato, não há nada a temer. Vou sentar-me confortavelmente no canapé e responder com muita serenidade que sou de Cabul.

Seus lábios tremem. O nome de sua cidade natal não é mais do que uma respiração velada, inaudível.

— Não ouvi — disse o homem inclinando-se sobre a escrivaninha.

Já se esqueceu que sua voz se extinguiu?

Uma tosse interior para limpar a garganta. Mas, como sempre, nenhum som vibra.

Aturdido, tenta mexer as mãos, fazer sinais, mostra seu pomo de adão, aperta-o nervosamente entre os dedos para que se faça compreender que não consegue falar.

— Você é mudo? — Não, ele faz. — Você ouve? — Sim. — Você está doente? — Mmm, sim.

O homem afunda em sua poltrona e, com um olhar desconfiado, fixa Rassul por um bom tempo e depois pergunta:

— Você é de qual partido?

De nenhum!, sopra Rassul, mas a palavra fica presa em suas cordas vocais e suas mãos se agitam para todos os lados para descrever a palavra. O homem se levanta de sua poltrona e lhe estende um lápis, que ele pega para escrever. "*De nenhum.*" O homem lê. Depois perscruta novamente Rassul, perguntando-se, sem dúvida, como é possível viver nesta terra despedaçada pela guerra civil e não pertencer a nenhum partido! Em seguida:

— Você é de qual etnia? — Rassul rabisca: "*Nascido em Cabul.*" Nada mais. O homem parece não se convencer com a resposta.

— Onde é que aprendeu russo?

Rassul escreve: "*Estudei na Rússia.*" O homem lê sua resposta em voz alta e pergunta:

— O que é que você estudava? — "*Direito*", escreve Rassul; em seguida, após hesitar por alguns instantes, acrescenta: "*E estava lendo esse maldito Dostoiévski!*" O homem lê, ri e o interroga: — Por que *esse maldito Dostoiévski*? — Rassul faz um gesto de esgotamento e mostra sua camisa manchada de sangue. Seu interlocutor retoma: — Esses dois *watandârs* são analfabetos. Para eles, um livro russo é necessariamente propaganda comunista.

Que bom, Rassul, você está salvo. Esse homem pode compreendê-lo. É preciso não perder essa ocasião para saber um pouco mais sobre o motivo de sua prisão. Mas por onde começar? Será que ele conhece Dostoiévski?

Escreve; o outro lê e responde:

— Sim, quando era estudante, lia seus livros, em persa, certamente. Eu estudava no Instituto Politécnico. Mas, depois das manifestações de 1981 contra a invasão soviética, abandonei meus estudos para juntar-me aos mudjahidin. E você, o que é que era no... Komsomol?

Ele é mau, pior do que você pensa. Ele não se deixa interrogar por um jovem kabouli como você. Não brinque com ele. Neste momento, sua vida está em suas mãos. Ele pode esmagá-lo. Não seja arrogante. Apresente sua vida de maneira simples e humilde: você passou alguns anos na Rússia, em Leningrado... é preciso dizer em São Petersburgo. Fale de suas desventuras, do conflito com seu pai comunista, que o enviou à Rússia contra sua vontade, para estudar. Você ficou lá três anos, de 1986 a 1989. Conheceu uma jovem a que chamava de *Koussinka*, minha pombinha. Não, esqueça essa história de amor com uma jovem russa. Esse mudjahid não deve gostar desse tipo de aventura com uma jovem *kafir*. Escreva simplesmente ter conhecido um especialista em Dostoiévski. Ele lhe ofereceu esse primeiro livro, *Crime e castigo*, que virou sua vida de pernas para o ar. Você jogou tudo para cima...

Ah, não! É longo demais para escrever. É necessário ser preciso, conciso.

Pôs-se a resumir sua vida, porém mal escrevera a primeira frase quando foi interrompido pela voz cheia e pensativa do homem. Ele leu um desses papéis manuscritos — são os extratos de *Crime e castigo* que Rassul traduziu —, depois parou para dizer que há muito tempo lera *Os demônios*, mas não este livro. Rassul dá um salto para procurar em seus papéis a tradução que fizera da contracapa de *Crime e castigo*. Encontra-a e lhe entrega. O homem pega-a e a lê entre os dentes: *"O ato fundador do romance é o assassinato da velha usurária, em um imóvel de São Petersburgo, pelo estudante Raskólnikov: sua reflexão sobre a motivação do crime, a influência de Sonia ou uma misteriosa força interior levam o herói a se denunciar e a tornar-se objeto de um castigo livremente consentido. É durante os anos de prisão que lhe é revelado, entretanto, seu amor por Sonia e o caminho da redenção."* Mexe a cabeça para exprimir sua admiração, depois reflete em voz alta:

— É uma lição muito boa para os criminosos. — Rassul morde os lábios, esses lábios que se movem em vão para articular mil e uma palavras sobre o livro. Adoraria expor pela milionésima primeira vez as motivações desse assassinato: não é unicamente o roubo. Para Raskólnikov, a usurária é um animal nefasto, que rouba o dinheiro dos infelizes, e eliminá-la significa apenas uma questão de justiça: ao levar a cabo seu gesto, Raskólnikov se afirma pertencente à raça dos espíritos superiores que se situam "para além do bem e do mal"; para ele, seu crime é a transgressão suprema da lei moral e social, e ele experimenta a independência e a liberdade... Como todos os grandes homens da história, como Maomé, Napoleão ou...

Que pena!

— ... deve ser interessante como livro. É uma história mística — prossegue o homem, sério. E Rassul continua a amaldiçoar sua afonia, sua incapacidade de contar que, na verdade, Dostoiévski não é um escritor revolucionário e comunista, mas um místico. Ele repetiu isso cem vezes, mas seus professores russos não o admitiam; não gostavam desse gênero de análise muito oriental. E, de resto, não gostavam em absoluto de Dostoiévski. Na Rússia, não era de modo algum apreciado pelos comunistas. Impossível para eles aceitar que o pensamento de Dostoiévski ultrapassava a psicologia do homem para atingir a metafísica... Esse livro é para ser lido no Afeganistão, um país outrora místico, que perdeu o sentimento de responsabilidade. Rassul está convencido de que, se ele fosse ensinado aqui, não haveria tantos crimes!

Que alma ingênua!

Esqueça Dostoiévski, salve sua pele, escute esse homem que lhe pede:

— A partir do momento que tiver recuperado sua voz, venha me ver para discutirmos tudo isso, tranquilamente. — De acordo, fez Rassul com a cabeça, sem grande convicção. — Meus rapazes não irão incomodá-lo — disse-lhe o homem, juntando os livros. Em seguida, olha para Rassul com curiosidade, quando um detalhe vem a seu espírito: — Há uma coisa que me intriga a seu respeito. — O quê? — Jano me disse que você queria fugir quando eles chegaram. Por quê? — Não, ele não queria fugir, acredite nele. Ele estava tendo um pesadelo. A porta e a janela estavam bloqueadas. Ele não conseguia abri-las. Olhe suas mãos, elas estão machucadas.

Mas como acreditar que se pode quebrar uma janela num pesadelo!

O homem olha as mãos de Rassul, estendidas em sua direção. Com um ar desolado, diz:

— Deve-se fazer reinar a ordem neste bairro. Mas é difícil, e desarmar a população não basta. Você pega suas armas, eles pegam facas e machados... Ontem, alguém cometeu um assassinato com um machado, em plena luz do dia. — Aí está, descobriram o corpo de *nana* Alia. E eis-me aqui, eu, o assassino, sentado diante do responsável pela segurança da cidade!

Rassul ficou pálido. Rassul afunda na poltrona.

— O que está acontecendo, *watandâr*? — Agitado, Rassul olha para o homem, com os lábios arrepiados. — Você tem um ar cansado. Pegue seus livros e vá para casa. Nos veremos um outro dia e discutiremos. — Pisca um olho para ele, pega o fusil e vai acordar Jano e seu companheiro. — Acordem, rapazes, levem esse homem para casa! — Dirigindo-se a Rassul: — Como se chama? — Rassul escreve seu nome.

— Rassul, precisamos de pessoas estudadas como você; quero dizer, para servir a pátria e o islã. Venha inscrever-se amanhã e ajude a manter a segurança do bairro. Você é um filho deste lugar. Você conhece o itinerário e o passado de cada um. Você sabe quem vive em cada casa e o que há... — Ele sorri com uma polidez tocante, encaminhando-se para a porta, depois se volta novamente para Rassul: — Venha e pergunte por Parwaiz, é meu nome — e vai embora. A raposa! Ele deve saber tudo. Mas o que é que ele quer de mim?

— Ande, Rassulovski, mexa-se! — ordena-lhe Jano, sonolento. Rassul não reage. — Você não quer voltar para casa?

Antes de entrar no pátio da casa, Rassul deseja somente duas coisas: primeiro, não ver sangue debaixo da árvore — ele ainda duvida de seu pesadelo; depois, não cruzar com Yarmohamad — ele não quer sujar as mãos com o sangue apodrecido do homem que ele odeia, pois a morte é um favor para esse tipo de gente. É preciso insinuar-se em sua vida, assombrar seu espírito, possuir seus sonhos, tornar-se seu destino.

Entra em casa. Os livros debaixo do braço. Na imensidão da noite pálida, aproxima-se da árvore e passa a mão no tronco. Inspeciona o solo ao pé da árvore. Nenhuma marca de sangue. Levanta-se e olha para a janela de seu quarto. A vidraça está de fato quebrada. Volta-se para a janela de Yarmohamad. Após um breve momento de hesitação, aproxima-se para gritar que está de volta, são e salvo. Seu grito fica preso na garganta. Então bate na janela. A cabeça raspada de Yarmohamad surge na penumbra. O rosto desfeito, preocupado em não acordar a mulher e as filhas, pede a Rassul para acalmar-se. Em vão. Rassul continua a bater na vidraça. Depois, brandindo seus livros, faz um gesto obsceno. Em seguida, dá-lhe as costas e toma o rumo de seu quarto. Aliviado, triunfante.

Vá, Yarmohamad, durma agora, com todos os pesadelos! Aparecerei em seus sonhos.

Uma vez dentro do quarto, ele tem vontade de gritar. Gritar de alegria. Ou de horror. Expira violentamente, apenas para tentar tirar um assovio, ardente, mas sem alegria, nem horror.

Um suor frio percorre suas costas. Joga os livros no chão, acende uma vela. A janela quebrada o intriga mais que tudo. Ele não consegue compreender como pôde quebrá-la durante o sono.

Fiquei louco? Não se costuma dizer que os primeiros sinais da loucura se manifestam quando o pesadelo extrapola o sono para penetrar e se instalar na vigília?

Desesperado, tira os sapatos e se deita. Tem medo de fechar os olhos. Tem medo de seus pesadelos. Sim, são esses demônios do leito, essas sombras da noite que me roubam a voz, que me deixam louco. Não consigo dormir mais!

Mas o cansaço é mais forte do que sua vontade. Fecha-lhe os olhos, empurra-o em direção ao abismo das trevas. Só sai delas após a explosão de um míssil, não muito longe. Sobressalta-se. Senta-se, suado. Sua língua ainda está seca, o peito arde.

De novo o silêncio.

A montanha submerge a lua.

A noite consome a vela.

A penumbra entorpece o quarto.

Rassul levanta-se. Após grudar outra vela sobre o cadáver daquela já apagada, ele bebe água, depois volta para o leito. Não quer se esticar. Permanece sentado, apoiado na parede. O que fazer? Leia um livro. Inclina-se para pegar um ao acaso, mas descarta-o em seguida e busca o primeiro volume de *Crime e castigo*, abre na página em que Raskólnikov, depois do assassinato, volta para casa... *Ele permaneceu muito tempo deitado. Mas acontecia-lhe ter a impressão de levantar-se e, então, se dava conta de que a noite caíra fazia muito tempo, ou não lhe ocorria levantar-se. Observou enfim que a luz brilhava como em pleno dia. Jazia no divã, ainda prostrado por essa ausência que se apossara dele. Gritos desesperados, terríveis, chegavam até ele com violência, vindos da rua, gritos que, de resto, escutava todas as noites debaixo da janela, por volta das duas da manhã. São eles que vêm acordá-lo agora. "Ah, os bêbados que já saem das tabernas", diz a si mesmo, duas horas passadas — e, de repente, levanta-se como se alguém viesse arrancá-lo do leito. "Como! Já duas horas!" Senta-se — e, aí, lembra-se de tudo! De uma só vez, em um segundo, lembra-se de tudo!*

No primeiro momento, pensou que ia ficar louco. Um frio terrível tomou conta dele; mas... esse frio não vem de fora. Não, de modo nenhum faz frio. Trata-se antes de um frio estranho, que emana de dentro. Exala do quarto, de suas paredes sem vida, de suas vigas escurecidas e podres...

Levanta-se e caminha em direção à janela para abri-la. Que belo tempo faz lá fora! Calça os sapatos e deixa o quarto apressado, desce as escadas, atravessa o pátio, evitando cruzar com o proprietário. E acha-se na rua. Coração feliz, corpo ligeiro, dirige-se para o rio. Por toda parte, mulheres, homens, jovens, músicos, flanando sob o sol da tarde. À margem do rio Neva, erra em meio aos transeuntes. Ninguém o nota. Ninguém olha para ele de modo desconfiado. Entretanto, com suas roupas usadas e manchadas de sangue, não pode passar despercebido. Que felicidade não ser notado, ser imperceptível! Levado pela alegria de sua invisibilidade, subitamente, em meio à multidão, distingue uma mulher de *tchadari* azul-claro. O que ela faz em São Petersburgo? Passa apressada ao lado dele. Aturdido, fixa seu olhar nela. Seu andar lhe é familiar. Ela desaparece na multidão. Ele enfim recobra os sentidos e se precipita. Percebe a mulher de *tchadari* azul que atravessa uma esquina movimentada. Sai em disparada até perder o fôlego, até poder estender a mão e segurá-la. Chegar a tocar seu *tchadari*, e puxa-o. A mulher está nua. Apavorada, encolhe-se toda para dissimular o corpo e o rosto mas também o objeto que segura nas mãos. Em seguida, aos poucos, levanta a cabeça. É Souphia. Aperta entre seus joelhos o cofre de joias de *nana*

Alia. Desconcertado, Rassul olha para ela e murmura alguma coisa inaudível. Fecha os olhos, lança-se a seus pés para gritar, agradecer Souphia. Sente-se salvo. Ela o salvou. Uma mão o chacoalha. "Rassul! Rassul!" Não é a voz de Souphia. É a voz de um homem. Uma voz conhecida. É Razmodin, seu primo. Mas onde ele está?

Diante de você, em seu quarto. Abra os olhos!

Mal acabou de despertar, Rassul ajeita-se bruscamente, deixando cair o *Crime e castigo*, acomodado em seu peito. "Razmodin?" O nome de seu primo agita seus lábios e logo se perde. Ele tosse e finge dizer "Salam". Ajoelhado perto dele, Razmodin olha-o com inquietação.

— Tudo bem, primo? — Rassul arregala os olhos, depois fecha-os em seguida, sonhador. — O que está acontecendo? Você está bem? — insiste Razmodin.

Rassul aquiesce com a cabeça e senta-se sobre o colchão, o olhar fugidio em direção à janela quebrada do quarto. O dia já nasceu, mas o sol está negro, negro por trás da fumaça.

— Quer que eu o leve a um médico? — Não, está tudo bem, ele faz. — Sim, percebe-se! Me diga o que está acontecendo? — Inquieto, o olhar de Razmodin se detém sobre a camisa de Rassul. — Isso é sangue? Eles te espancaram?

Após um breve momento de reflexão, Rassul levanta-se para dar uma olhada no pátio, onde percebe Yarmohamad observando-o. Faz um sinal para que suba ao quarto. Mas Yarmohamad volta para sua casa.

— Deixe-o! Ele veio ao meu escritório, assim que amanheceu, para me contar tudo. Estava pálido e dizia que não havia sido ele... E é verdade. Nesses dias, há patrulhas por toda parte. Sobretudo neste bairro... Você ignora tudo o que está acontecendo neste país agora. Refugiado em não sei qual mundo, você não se interessa...
— Pare, Razmodin, por favor! Veja o que fizeram com ele.

Razmodin para, não para olhar o estado de Rassul, mas para ouvir sua explicação. Espera um momento. Palavra nenhuma. Fica espantado. Rassul levanta suas mangas para mostrar-lhe seus inúmeros hematomas.

— Que filhos da puta! Mas você também é maluco! Por que, numa época como esta, guarda com você todos esses livros russos? — A dor no tornozelo volta a se apoderar de Rassul. Com o rosto distorcido, volta ao leito para se massagear. Seu primo olha para ele: — Dostoiévski! Dostoiévski! Você sempre se mete em merda com seu Dostoiévski! Como quer que eles conheçam Doistoiévski?

Eles não são tão idiotas quanto você, Razmodin! O comandante Parwaiz, de quem você já deve ter ouvido falar, o conhece. Suas tropas estão lá, diante do teu hotel, no Ministério da Informação e Cultura. Mas, no estado em que me encontro, não posso lhe contar sobre isso.

Escreva!

Para quê? Estou mais tranquilo assim, sem palavras, sem conversas intermináveis. Deixo-o em sua perplexidade, diante de meu mutismo.

— Yarmohamad disse que o levaram ao posto do comandante Parwaiz. Eu o conheço. — Veja, você tem razão. — Durante as manifestações de 1979, ficamos presos juntos. Foi uma bênção para você ter topado com ele. Você falou de mim? — Rassul balança negativamente a cabeça, depois se levanta de novo para ir colocar-se atrás da janela. Yarmohamad está de volta ao pátio. Uma vez mais, Rassul lhe faz um sinal para subir. — Esqueça-o, acabou. Dei-lhe dois meses de aluguel atrasado, ele vai te deixar tranquilo. — Constrangido pela generosidade do primo, volta para o leito lentamente e tenta dizer-lhe, gesticulando, que ele não deveria, que ele mesmo teria pago... As mesmas palavras que havia dito da última vez, quando Razmodin lhe pagou três meses de aluguel.

"Teria pago com o quê? Você perdeu tudo. Olhe o estado em que está. Um pedinte, um louco que fugiu do hospício!", diria ainda Razmodin.

Logo, não vale a pena Rassul esforçar-se tanto para se fazer compreender. Mesmo assim, Razmodin espera ouvir alguma coisa de Rassul. Não compreende por que evita falar com ele. Observa-o com curiosidade levantar-se e vasculhar no meio da roupa suja para encontrar uma camisa limpa. Mas elas estão todas sujas e amassadas. Rassul sabe disso, é para fingir, não que não queira responder a Razmodin, mas porque não quer que saiba que perdeu a voz. Eles são primos, se conhecem bem. Se ouvem, mesmo em silêncio. Apesar disso, Razmodin insiste, como sempre:

— Rassul, você deve fazer alguma coisa. Até quando vai viver assim? Se soubesse falar várias línguas como você, eu teria ficado rico. Todos esses jornalistas estrangeiros e todos esses organismos humanitários precisam de tradutores. Todos os dias, mais de cem vezes me perguntam se conheço alguém que fale inglês, ainda que elementar. Mas como ainda ousar dar o teu nome? Você já me meteu em merda. Já me arrependi mais de dez vezes. — E, como sempre, ele o perdoa mais uma vez. — Se quiser, posso esquecer o passado e apresentá-lo de novo. Mas suplico-lhe, primo, não se meta mais com os jornalistas. Você não tem nada que se meter em quem trabalha para quem e por que defende tal ou qual grupo. Pegue os dólares e enfie no rabo junto com as ideias e as posições políticas ridículas de merda dos caras. — Desta vez, porém, ele não espera que Rassul lhe explique sua divisa "Prefiro o crime à traição", e continua: — É fácil dizer que prefere o crime à traição. Então por que não pega uma arma? Faça como o avestruz. Se lhe pedem para voar, diga que é um camelo, se lhe pedem para carregar, diga que é um pássaro. Você abandonou teus pais, esqueceu-se de tua irmã e de teus amigos. Se quer perder a cabeça completamente, continue. Você ao menos sabe o que quer da vida?

Furioso, levanta-se, tira um cigarro do bolso e o acende. Mesmo incomodado por essas recriminações recorrentes, Rassul faz de conta que está procurando uma camisa, aquiescendo com a cabeça, girando sua mão no ar para demonstrar que sabe a sequência:

— Juro, você mudou, não é mais o mesmo. Você queria Souphia, você a conseguiu. Mas o que é que você está fazendo agora? Quer dar a ela o mesmo destino que o teu? Primo, nós crescemos juntos, nos conhecemos bem, você é como meu irmão. Você me ensinou tudo... — Razmodin guarda o resto para si porque, algumas semanas atrás, lhe fez o mesmo discurso, ou quase, ao que Rassul lhe respondeu secamente:

— Exceto por uma coisa.

— O quê?

— O horror a dar lições de moral.

— Não é para lhe dar lição de moral. Eu seguro um espelho para você.

— Um espelho? Não, é só o fundo de um copo sobre o qual há somente a tua própria imagem que você exibe aos outros para dizer: *"Seja como eu!"*

Melhor calar-se, Razmodin. Você acha que dou a impressão de pouco me lixar para o que me diz. Ainda bem que não sabe que estou condenado ao silêncio, caso contrário você iria prosseguir. Você teria esvaziado teu coração já cheio com minhas injúrias de outrora, sem me ouvir dizer que não quero tua caridade, que não gosto dos mercados de pulga de tuas organizações humanitárias, que detesto esses generais que esperam que falemos de sua generosidade, que detesto todos esses abutres girando em torno de nossos cadáveres, essas moscas zumbindo em torno do buraco do cu de uma vaca morta. Sim, agora detesto tudo, a mim mesmo, você, meu primo, o amigo de infância; você, que me olha diretamente nos olhos e aguarda algumas palavras minhas. E, não, você não irá ouvir nada mais de mim. Talvez interprete meu silêncio como indiferença. Ou ainda como resignação diante de tuas recriminações.

Interprete como quiser. O que é que isso pode mudar no mundo? Em mim? Nada. Então, me deixe em paz.

Depois desse longo silêncio, Razmodin volta à carga:

— Agora você não quer falar mais comigo? Acabou? — Rassul para de mexer na roupa suja. Ergue os ombros para deixar claro que não tem mais nada a dizer. Decepcionado, Razmodin levanta-se — acima de tudo, Rassul, você perdeu a cabeça. Se você não tem vontade de me ver, de me ouvir, vou embora... — dirige-se à porta — se paguei o aluguel, foi para salvar a honra de sua família. E basta! — e vai embora.

Rassul permanece confuso, o rosto crispado. Depois, bruscamente, precipita-se na direção da janela para gritar.

Não posso sequer gritar meu desespero, meu ódio, minha raiva...

Então, grita a esperança, a alegria, a serenidade. Talvez isso possa ajudá-lo a reencontrar a voz.

Onde procurá-las?

Lá onde você as perdeu.

Diante de um pequeno espelho pendurado na parede, ele se contempla com ódio e cólera. Acaricia a barba. Depois, com as útlimas gotas de água da vasilha, molha as faces, pega a lâmina de barbear; a lâmina está usada. Ele insiste e força. A lâmina corta sua pele. O sangue escorre. Sem prestar atenção a isso, ele se barbeia com raiva, passando e repassando a lâmina sobre o queixo, debaixo do queixo... Uma mosca vem girar sobre suas feridas. Ele a espanta. Ela volta, prova o sangue. Com um gesto brusco, Rassul a espanta uma vez mais, mas o aparelho desliza sobre sua face. Uma outra ferida; está pouco ligando. Continua a se barbear, cada vez mais nervoso, como se quisesse arrancar a pele.

Um ruído de passos na escada ralenta seus gestos. Batem na porta. Após um momento de silêncio e imobilidade, Rassul a abre, sem limpar seu rosto salpicado de sangue. Uma mulher sob um *tchadari* azul-claro está lá. Ao ver Rassul, ela solta um grito surdo e recua.

Tira o véu. Souphia. Seus olhos inocentes se dilatam, apavorados.

— Rassul, o que é que aconteceu com você? — Ele passa a mão no rosto, seus lábios tremem para dizer que é a lâmina usada... Gestos que ela não pode interpretar. — O que está acontecendo? — Nada, faz Rassul, com desespero. — Ontem à noite, nós o esperamos até tarde, por que não apareceu? Minha mãe ficou muito preocupada. Não pregou o olho a noite toda. — Devo explicar-lhe que perdi a voz? Sim, por que não? Além dela, quem pode ser teu confidente?

Ele recua para dentro do quarto para permitir que Souphia entre. Começa a procurar caneta e papel. Mas ela, após dar uma olhada nas filhas de Yarmohamad, que os observam, prefere ficar na soleira.

— Não quero incomodá-lo. Vim te buscar para ir... — Ela não termina sua frase, perturbada por Rassul, que, preocupado, mexe em seus livros. Após um momento de silêncio e hesitação, ela decide cobrir seu rosto com o *tchadari* e partir, deixando Rassul procurando aquilo com que escrever suas palavras áfonas, e nesse sonho onde ele a persegue pelas ruas de São Petersburgo. E se essa mulher do *tchadari* azul-claro de fato fosse ela? Pergunta estúpida que o obriga a reagir. Ele se precipita no pátio. Souphia já está na rua. Após lavar o rosto com água da torneira, volta para o quarto, troca-se, sai e se lança no encalço de Souphia.

De fato, que pensamento absurdo! Se fosse Souphia, você teria reconhecido sua voz.

Sua voz?

Ele para.

Não diga que não a reconhece!

Claro que a reconheço, mas sou incapaz de me lembrar o timbre de sua voz quando ela grita. Na verdade, jamais a ouvi gritar, elevar o tom. E seu andar? E seu modo de correr?

Souphia se desloca como um peixe. Seus ombros, como os das nadadoras, movimentam-se para frente e para trás. Sim, mas outrora, ela tinha esse modo particular de se movimentar quando não estava usando o *tchadari*. Debaixo do *tchadari*, todas as mulheres andam da mesma maneira, não?

Sim.

A dúvida e a incerteza apressam ainda mais os passos claudicantes de Rassul, que o levam à casa de Souphia. Estranhamente sobre-excitado, é incapaz de se convencer de que uma mulher tão tímida e inocente possa embarcar em uma aventura tão perigosa.

Foi ela que fez isso, ele tem vontade de gritar bem alto. Foi ela! Ela o fez não apenas por amor a mim e a sua família, mas também por ódio a *nana* Alia. Sim, ela fez isso!

Enquanto corre entre os passantes engolidos pela fumaça negra que cai sobre a cidade, uma mão segura seu ombro e detém seu ímpeto.

— Rassulovski? — é a voz de Jano, rindo, atrás dele. Percebendo as feridas no rosto de Rassul, pergunta-lhe: — Fomos nós que fizemos isso em você? — Não, foi a lâmina, ele faz, reproduzindo o gesto de barbear-se. A lâmina do destino, diria, se ainda tivesse voz. — Que sortudo! Pelo menos você sabe que tem um destino — Jano sem dúvida teria lhe respondido. Um destino? Rassul prefere não ter nenhum.

— E a voz?

Nada ainda.

Depois de alguns passos em silêncio, Jano pergunta:

— Então, quer se juntar ao comandante Parwaiz? Você terá uma bela kalachnikov!... Você sabe atirar? — Não. — Em um dia você aprende tudo. De resto... — ele se aproxima de Rassul — a bala encontra sozinha seu alvo — cochicha, rindo. Um riso breve e complacente, seguido de uma piscada para sua kalachnikov, que mantém escondida debaixo do *patou*.

Novamente mais alguns passos, sem palavra alguma. Eles refletem — Rassul, na lâmina lenta de seu destino, Jano, nos alvos de suas balas perdidas —, até que chegam diante de uma *tchaykhâna*, onde o jovem soldado convida Rassul a tomar chá com ele. Por que não? Ele tem vontade de beber e comer, mas sobretudo de conhecer o bando de Parwaiz, de saber se descobriram ou não o cadáver de *nana* Alia. Enfim, há mil e uma razões para o acompanhar e descobrir o mistério, mais do que para encontrar Souphia.

Lá dentro, sentam-se ao pé de uma janela, ao lado de três homens armados que, desde a chegada deles, interrompem seu conciliábulo para encará-los.

Jano pede chá e pão. De repente, pergunta a Rassul:

— Teu proprietário... você o conhece bem? — Sim, faz com um ar desolado. — Ontem à noite, quando entramos em sua casa para fazer a patrulha, ele se precipitou em nossa direção dizendo que havia um antigo comunista, estranho, que não pagava o aluguel... — O silêncio persistente de Rassul o impede de continuar. Ele lança um olhar constrangido a seus vizinhos, que o perscrutam o tempo todo. Irritante. Depois de um gole sibilante de chá, continua: — Você tem uma lâmina que corta teu rosto. A nossa, mais cortante, fere a nossa alma! — Enfia na boca um pedaço de pão. — Eu tinha apenas doze anos quando a guerra explodiu. Meu pai colocou um fuzil nos meus ombros e me mandou fazer a *djihad* contra o Exército Vermelho. Tudo o que vi... Se estivesse em meu lugar, você não conseguiria suportar nem sequer uma palavra em russo, meu rapaz. Queimaram nossa aldeia. E encontrei os corpos de minha família inteiramente calcinados! O comandante Parwaiz me adotou. Ele me deu a força e a coragem para vingar minha família. Àquela época, enquanto chorávamos nossos mortos, a destruição de nossas aldeias, a desonra de nossas irmãs... você se divertia nos braços das jovens loiras, brancas, doces e vivas como peixes... não? — De novo um gole de chá, fervente. — Você não imaginava que um dia uns famintos como nós, uns pés-rapados, tomariam o poder... — Rassul engole com dificuldade o pão e as palavras de Jano. O chá também lhe queima a língua e a garganta. Queria responder que sua vida não era tão tranquila como Jano acreditava ser. Ao contar seu conflito com seu pai comunista, ele poderia se tornar simpático aos olhos de Jano.

Não é certo. Jano lhe faria as mesmas recriminações que um outro mudjahid com quem falara algum tempo atrás, e o outro lhe jogara na cara:

— Isso também é tua educação russa.

— Como assim?

— Não respeitar seu pai, isso é uma educação russa!

— Mas eu não queria seguir a ideologia de meu pai. Eu era contra a invasão de meu país pelos russos.

— Se fosse um bom filho, você o respeitaria, seguiria seu caminho, suas crenças!

— Mas o que é que você está dizendo? Como se pode seguir um pai que é criminoso de guerra?

— Não se deve nunca trair seu pai, mesmo que ele seja um criminoso.

— Mesmo se ele for um *kafir*?

Um silêncio.

Jano saboreia seu chá, peito estufado. Rassul olha para ele, segura sua raiva entre as mãos, com vontade de esmagá-la contra esse busto cheio de orgulho insolente e apodrecido, de demolir essa caixa repleta de vã potência...

Mas por quê, Rassul? O que sabe dele? Ele não disse nada. Deixe esse sujeito tranquilo. Ele é feliz. Ele é orgulhoso. Não sofre como você. Em nome de Deus, fique quieto!

Beba teu chá, coma teu pão, vá embora!

Quando se levanta, um dos três homens armados interpela Jano:

— Com licença, irmão, você não é Jano?

— Sou.

O homem aproxima-se dele, sorrindo:

— Você não me reconhece? Momène, da tropa do comandante Nawroz?

Jano larga sua xícara de chá e se sobressalta:

— Mas sim! Como esquecê-lo! Você mudou um pouco. Engordou! Já são cinco ou seis anos... Talvez mais?

— Seis anos.

Levantam-se, jogam-se nos braços um do outro, abraçam-se efusivamente e sentam-se em círculo. Rassul tem uma ocasião inesperada para escapar. Em pé, estende a mão a Jano para cumprimentá-lo. Mas o outro insiste. Convida-o a tomar mais um chá com seus companheiros de outrora.

— Sente-se! — Volta-se para eles: — Esse irmão aqui, nós o espancamos ontem à noite durante uma patrulha e hoje tomamos chá juntos! Se isso não é vontade de fazer as pazes, o que é então? — escarnece, empurrando Rassul para que se sente.

E Rassul obedece.

Pedem chá novamente. E fumam. Momène dirige-se a seus amigos para lhes contar:

— Nossa inesquecível operação ! Já faz seis anos.

— Sim, já faz seis anos — confirma Jano, com um ar nostálgico. Dirige-se a Rassul: — Foi num verão. Numa noite de verão. Íamos atacar um posto soviético. Nos avisaram que o comandante Nawroz pretendia dirigir essa operação. As coisas não estavam bem entre o comandante Nawroz e nosso comandante Parwaiz, entretanto decidiu-se assim mesmo atacar os russos em conjunto. Para nós, os prisioneiros, para eles, as armas... — O riso de Momène o impede de prosseguir. Um grande gole de chá, e prossegue: — Enfim, a noite caiu, nós atacamos! — Dessa vez, foi seu próprio riso que o deteve. E é Momène que continua:

— Na nossa tropa havia um mudjahid chamado Shirdel. Corajoso, um bom muçulmano, mas com um fraco pelos jovens! O que lhe tinha valido um apelido: *kirdel*. — Chupador, isso arranca um riso geral. — Enquanto nossa tropa atacava o depósito de armas, com muita prudência e silêncio, nosso *brâdar* Shirdel tropeçou num jovem soldado russo que estava cagando!... — O riso deles, forte, fez calar todos os clientes da casa de chá. Eles também escutam. Jano chora de rir; Momène prossegue: — Imaginem nosso Shirdel em uma tal situação! Seu coração começou a bater freneticamente; não sabia o que fazer; sua mão tremia de medo de que algum mudjahid atirasse nessa criatura de sonhos, com um par de nádegas tão brancas e tão lisas! Resumindo, ele o capturou e, uma vez terminada a operação com sucesso, levou-o ao comandante Nawroz, que lhe ordenou conduzi-lo ao comandante Parwaiz. A quem ele foi dizer isso! Imediatamente, algemou-se ao belo rapaz. Depois, engoliu a chave!

Eles rolavam de rir. Rassul também riu, mas em seu foro íntimo. Quando as risadas descontroladas diminuem um pouco, Jano continua:

— O comandante Parwaiz conversou longamente com Shirdel. Mas ele não queria ouvir coisa alguma. Não era mais o mesmo. Tudo tinha acabado para ele, a *djihad*, a oração... De manhã até a noite, passeavam juntos, de mãos dadas. Shirdel cantava para ele, ensinava-lhe nossa língua... E, certa noite, desapareceram. — Dirigindo-se a Momène: — Você não os reviu desde então?

— Não, jamais, responde, enxugando as lágrimas. — Que época!

— De fato, que época! Ainda que não nos entendêssemos, diante dos russos estávamos juntos.

— Ah, sim!

— Olhe hoje, as pessoas lutam umas contras as outras. Por quê?

— Pergunte ao comandante Nawroz!

— E você, pergunte ao seu comandante Parwaiz!

Os risos cessam.

Um ódio, surdo, invade a *tchaykhâna*.

Rassul se levanta, faz um sinal discreto a Jano — que o cumprimenta levantando a mão — e se salva.

Mal chega à rua, dois tiros, disparados de não muito longe, fazem-no sobressaltar-se.

Na *tchaykhâna*?

Talvez.

Ele para, se volta.

Que se matem!

Retoma seu caminho em busca de Souphia.

Ele bate na porta e aguarda. A voz temorosa da mãe de Souphia se ergue:

— Quem é? — Não ouvindo nenhuma resposta, ela repete.

— É Rassul! — grita Daoud, o irmão de Souphia, que está inclinado sobre o telhado da casa.

A mãe abre a porta, depara com o rosto cortado de Rassul e sente um arrepio:

— O que foi que te aconteceu? — Não foi nada, me barbeando, me cortei, isso é tudo, ele adoraria responder, sem filosofar sobre a lâmina do destino. Imita o gesto e atravessa a porta, sob os lamentos da mãe: — Você deveria ter vindo ontem à noite. Não consegui fechar o olho à noite. — Ele mexe com a cabeça como para dizer que já sabe. Paciência se não chega a se desculpar.

A mãe dá uma olhada na ruela vazia buscando alguém; e, espantada por ver Rassul sozinho, pergunta:

— Onde está Souphia? — Ela não voltou? Ele a interroga com ar bastante expressivo. — Ela não está com você? — Não. O movimento de cabeça de Rassul a deixa inquieta. Explora novamente a ruela, depois se volta para ele, deixando a porta aberta na esperança de que sua filha apareça. — Ela queria ir com você à casa de *nana* Alia para fazer suas contas... — Na casa de *nana* Alia! Apoia-se contra a parede para não perder o equilíbrio. — Ela me contou que você lhe pedira para deixar de ir lá. Há dois dias a filha dela, Nazigol, veio aqui para me informar que, se Souphia não quisesse trabalhar em sua casa, seria preciso, antes de tudo, acertar os alugueis em atraso. Ontem, esperamos você o dia todo para discutirmos sobre isso. Como você não veio, ela foi lá, mas... — Ela também foi lá ontem? — ... *nana* Alia não estava lá. — Ela não estava lá? E seu cadáver então? — Souphia queria voltar lá hoje. Pedi para que fosse com você. — Comigo? — Você não estava na sua casa?

Sim, mas por que ela não me disse nada? Dado seu estado, Rassul, ninguém mais ousa pedir-lhe coisa alguma. Com seu silêncio, incompreensível para os outros, você dá a impressão de que todo mundo o critica...

— Rassul, estou muito preocupada com Souphia. Tome conta dela. Não nos deixe assim sozinhas e sem notícias suas. Em tempos como este as moças desaparecem. Os comandantes de guerra realizam blitze para fazerem delas suas esposas. — Um soluço partiu-lhe a voz. Mas Rassul não está prestando mais atenção. Suas pernas vacilam. O chão parece afundar, faltar sob seus pés. Ele se apoia na parede e se deixa escorregar até o chão. A mãe continua: — Muito pior que os comandantes é essa maldita *nana* Alia. Tenho medo que ela lhe faça mal. — Senta-se diante de Rassul. — Meu finado marido nos confiou a você, e não temos mais ninguém. E você...

Ele está aprisionado no silêncio, imobilizado pelo mistério que paira sobre o assassinato da maldita *nana* Alia, desnorteado em sua suspeita sobre a mulher do *tchadari* azul-claro, que, em suas fantasias, só pode ser Souphia. Que a encontre!

Ele se levanta. E parte.

No caminho,

não cruza nenhum olhar,

não ouve nenhuma voz,

não sente nenhum cheiro,

não sente nenhuma dor.

Ele corre.

Corre como se seu tornozelo não estivesse doendo.

Mas seu pé não se esqueceu dele. Ele se contorce, o detém em seu ímpeto. Para não longe da casa de *nana* Alia, no canto da rua, onde Rassul reencontra o cachorro preto, sempre o mesmo, sempre estendido ao pé do muro. Que desta vez esse cão preguiçoso encontre um pouco de força, que se levante, que avance contra ele, que o expulse daqui. Rassul não pode entrar nesta casa como se nada tivesse acontecido.

Nada aconteceu. Ouçamos, escutemos! Esse silêncio, esse torpor, não dão sinal algum de luto.

Então é possível que meu golpe não tenha sido mortal. Ela saiu viva dessa. E agora deve estar no hospital. Ela está demorando para recobrar a consciência, caso contrário eu já estaria atrás das grades.

Seu corpo transpira, transpira o medo. É preciso ir embora daqui, voltar à casa de Souphia e esperá-la. Mas suas pernas estão pesadas, grudadas no chão, como se quisessem que ele permanecesse lá para dar um fim a essa história.

Sim, é preciso dar um fim nela.

Um dia ou outro *nana* Alia irá dizer tudo.

Um dia ou outro você pagará por teu gesto.

Então por que não hoje, aqui e agora, no local do crime?

Avança então em direção à porta entreaberta, empurra-a delicadamente, depois inspeciona o pátio. A casa está mergulhada em calma e silêncio. Apenas algumas galinhas ciscam ou cacarejam. Penetra no interior da casa. Dirige-se à escada do terraço. O ar é pesado. O silêncio é denso. Seus passos, incertos... Para, olha através das janelas. Nenhuma alma viva detrás das cortinas. Medo e curiosidade fazem suas têmporas latejarem. O suor escorre de sua fronte. Apoia na parede para subir. Uma vez no terraço, sobressalta-se, uma silhueta aparece, enfim, na obscuridade do corredor.

— Rassul?... É você? — ergue-se a voz de Souphia. Em pânico, Rassul tenta falar, esquecendo-se de sua afonia. Seus lábios mexem-se em vão para explicar que veio buscá-la, que sua mãe está muito preocupada... Souphia ri. — O que está acontecendo? Eu não ouvi nada —, diz, aproximando-se dele. Rassul fica confuso ao distinguir atrás de Souphia uma outra silhueta que sai do corredor. É Nazigol.

— *Nana* Alia desapareceu desde ontem. Ninguém sabe onde está... — exclama Souphia.

Olhar fixo em Nazigol, Rassul não sabe o que fazer, o que pensar, o que dizer. *Nana* Alia não está mais lá. Eis a única certeza. Como ele deve encarar essa notícia? Ficar feliz? Ou desconfiar?

Nazigol dá um passo à frente:

— Ontem à noite, quando cheguei, não havia ninguém. Minha mãe nunca sai sem deixar alguém em casa, principalmente à noite.

Cada vez mais sem rumo, cada vez mais dissimulado, Rassul encara as duas moças.

Nazigol volta-se para Souphia:

— Quando encontrei a casa vazia, tive medo de ficar sozinha. Fechei todas as portas e saí... — Sua voz vai ficando longe. Todos os sons se diluem. Rassul não ouve mais nada, não vê mais nada. Tudo não passa de um buraco, um buraco negro, sem fim, sem saída.

Esgotado, dirige-se ao interior, de onde surge o corpo gordo de *nana* Alia, que desce a escada no fundo do corredor. Ele lhe diz bom-dia. Ela lhe pergunta o que quer. A fumaça do cigarro, sob o raio do sol, encobre seu rosto. Rassul avança no corredor e lhe estende um relógio de pulso que lhe prometera um outro dia. Ela diz que não tem dinheiro para penhorá-lo. Ele suplica, irá deixá-lo por um ou dois dias, é um relógio com pedras preciosas. Comprara-o em Leningrado. Ele quer apenas dois mil afghanis. *Nana* Alia recua, desconfiada. Ela não entende por que, com todo esse calor, Rassul usa um *patou*. Ela lhe faz essa pergunta. Ele responde que está doente, que tem febre. Ela pega o relógio e o observa. Os ponteiros indicam 6h09. Esse relógio não está funcionando bem.

Normalmente funciona bem, é apenas a pilha que acabou. Se Rassul tivesse dinheiro, a teria trocado.

Que besteira! É um velho relógio mecânico. Não funciona com pilhas! Ela quer devolvê-lo. Rassul não o aceita. Suplica-lhe uma vez mais, só dois mil afghanis. Esse relógio tem doze pedras preciosas. É só olhar, está escrito atrás.

Não, ela não quer. Rassul insiste. O relógio é russo, de uma marca muito boa. Aos diabos, que ela lhe dê o que quiser! Mas a velha está cada vez mais desconfiada diante dos tremores de Rassul. Ele pega sua mão e a coloca em sua testa para que constate até que ponto está febril, esgotado. Faz dois dias que não come nada. Ela retira a mão, hesita, depois aceita receber o relógio, mas com uma condição: que deixe sua noiva voltar a trabalhar em sua casa; caso contrário, amanhã ela irá pegar seu dinheiro e, além disso, irá colocar todo mundo para fora, sua noiva e sua família. Rassul concorda. Quando sair daqui, irá ver Souphia para lhe pedir que volte ao trabalho.

A velha está a ponto de ir embora, mas volta-se de novo para Rassul e o adverte sobre uma coisa: a partir de agora, é ela, somente ela, que irá indicar a Souphia a hora a que está autorizada a ir embora. Ele aquiesce com a cabeça.

Depois, ordena-lhe que fique no corredor; ela se dirige para a escada. Quando chega ao andar de cima, Rassul começa a andar, com passos de lobo, ansioso e perturbado. O machado que esconde sob o *patou* está cada vez mais pesado; seus braços, flácidos; suas pernas, duras. Tem dificuldade em subir os degraus da escada, em chegar ao corredor do andar em que se encontra *nana* Alia, em frente a uma pequena porta, que ela abre. Depois de uma rápida hesitação, desliza para dentro do cômodo e se tranca lá. Rassul avança pesadamente em direção à porta. Cola seu ouvido nela e escuta as portas dos armários se abrirem e fecharem. Respira profundamente. Depois, de forma repentina, com um pontapé, empurra a porta e se atira contra *nana* Alia, que está contando um maço de notas diante da janela. Mal Rassul levantou o machado para descê-lo sobre a cabeça da velha, a história de *Crime e castigo* lhe atravessa o espírito. Fulmina-o. Seus braços tremem; suas pernas vacilam. E o machado escapa-lhe das mãos, fende o crânio da mulher e fica enterrado lá. Sem um grito, a velha desaba sobre o tapete vermelho e preto. Seu véu com motivos florais de macieira flutua no ar antes de cair sobre seu corpo flácido. Ela é tomada por espasmos. Ainda um suspiro; talvez dois. Seus olhos esbugalhados fixam Rassul, de pé no meio do cômodo, a respiração suspensa, mais lívido que um cadáver. Ele treme, seu *patou* cai de seus ombros salientes. Seu olhar apavorado é absorvido pela poça de sangue, esse sangue que escorre do crânio da velha, confunde-se com o vermelho do tapete, recobrindo assim suas pegadas pretas, depois escorre lentamente em direção à mão carnuda da mulher que segura firme um maço de notas. O dinheiro ficará manchado de sangue.

Mexa-se, Rassul, mexa-se!

— Rassul?

Ele recobra os sentidos, volta-se, em pânico, na direção da voz. Souphia e Nazigol, na soleira da porta, olham para ele espantadas.

— O que é que está acontecendo, Rassul? — pergunta Souphia aproximando-se dele. Sem rumo, vagueia pelo cômodo, lançando olhares inquietos a cada canto e a cada recanto. Nenhuma pista de seu crime.

— Você já veio a este quarto? — pergunta-lhe Nazigol, intrigada — minha mãe sempre fechava este quarto a chave. Além dela e de mim, ninguém estava autorizado a colocar os pés aqui. — Volta-se para Souphia: — Quando é que você limpou este lugar pela última vez?

— Eu, nunca. Era sempre ela mesma que limpava este quarto.

Rassul observa a janela através da qual escapou, está fechada. Ainda mais perturbado, sente-se desfalecer. Água! Volta-se para Souphia, imitando o gesto de beber.

— Sim, espere! — diz. Depois, correndo para a porta, fala em voz baixa a Nazigol: — Ele anda doente esses dias — e sai.

O olhar de Rassul repousa sobre a filha de *nana* Alia mexendo nos armários. Cada vez mais intrigada, pergunta a si mesma em voz alta:

— Ela saiu com todas as suas joias? — Ela deixa o cômodo e vai ao quarto vizinho. Souphia surge com um copo d'água e o entrega a Rassul. Ele bebe. Bebe lentamente, não para refrescar a garganta, mas para conseguir tempo de refletir, antes que Nazigol retorne.

Como justificar, explicar, minha vinda a este quarto?

Se você pudesse, diria que foi há muito tempo, quando o pai de Nazigol ainda vivia — era seu quarto, sem dúvida —, você veio trazer-lhe documentos dos Arquivos Nacionais que pertenciam ao pai de Souphia, etc.

Ah, maldita voz, volte!

— Mesmo assim ela não levou com ela todo seu dinheiro? — interroga-se Nazigol, lançando um olhar desconfiado a Rassul e Souphia. Após um momento de silêncio denso, Rassul precipita-se no corredor, seguido por Souphia.

— O que houve, Rassul? — Nada... Nada! Agitando as mãos, percorre a escada. — O que está acontecendo com você? Você está bem? Tem o ar muito estranho! — insiste Souphia. Ele para, pensa em um meio para fazê-la compreender que não tem mais voz para contar o que está acontecendo. Mas Nazigol segue os dois, e, atrás de Souphia, pergunta-lhes:

— O que é que eu devo fazer? Para onde ir? Não sei se minha mãe volta esta noite ou não.

— Venha, vamos para minha casa.

— Impossível, se minha mãe voltar e encontrar sua casa vazia, irá me amaldiçoar. Mas onde foi se meter? Devo ir à casa de meu tio, perguntar-lhe se sabe de alguma coisa... — Seu olhar gira e recai em Rassul: — Você pode ficar aqui até que eu volte?

— Sim, pode ir... — responde Souphia, o que deixa Rassul apavorado. Ele não pode ficar aqui de jeito nenhum! Seu olhar exprime sua recusa, sua mão acentua isso. Mas Nazigol suplica, e Souphia decide: — Pode ir, pode ir — depois pede a Rassul: — Deixe-a partir, isso não é gentil.

De fato, Rassul, por que você resiste? Deixe-a partir. Assim você terá todo o tempo do mundo para vasculhar a casa, descobrir um indício que lhe permita solucionar o mistério.

É Nazigol o mistério. Ela não é inocente nessa história. Tenho certeza disso.

Que vá embora então!

Nazigol parte.

Sob o olhar apaixonado de Souphia, Rassul tem a cabeça longe. Espera até que o barulho dos passos de Nazigol desapareça na rua. Corre então para a escada no fundo do corredor.

— Onde você vai? — Grita Souphia, perseguindo Rassul, que volta ao quarto. — Mas o que é que você está fazendo? — Rassul explora o cômodo. — Não mexa em nada da casa. Isto não está certo. Se elas chegarem... — Ele faz um sinal para descerem. Cada vez mais inquieta, ela permanece diante da porta: — Não, Rassul, você não tem o direito de fazer isso. Diga-me o que é que está procurando!

Rassul, é preciso responder-lhe. Você não pode sair dessa tão facilmente. Ela tem que saber de tudo.

Mas como? Não é o momento.

Ela te acha cada vez mais estranho, misterioso...

Melhor assim!

E se de fato fosse ela a mulher do *tchadari* azul-claro?

Para de vasculhar o quarto, encara Souphia com um olhar desconfiado, persistente, quase irritante.

— O que está acontecendo? Por que você me olha assim? Por que não quer me dizer nada?

O silêncio. O olhar. As suspeitas...

Exasperada, ela deixa o quarto. Ele se põe a remexer em tudo, dentro dos armários, debaixo da mesa, nas gavetas, debaixo do canapé... Nenhuma pista de tudo aquilo que deixou lá ontem: nem cofre de joias, nem dinheiro, nem machado, nem *patou*. Nada. Senta-se no tapete e passa a mão no lugar em que jazia o cadáver. Tudo está seco, em ordem. É o mesmo tapete? Quem pode ter feito uma tal limpeza, tão rápida e tão eficaz? Tudo isso é obra de um grande mestre, e não de duas crianças como Nazigol e Souphia!

Sem rumo, levanta-se e se prepara para deixar o quarto quando seu olhar se detém embaixo do armário, em uma caixa. Vasculha lá dentro, e só há seis maços de cigarros Marlboro. Pega um, põe a caixa de volta em seu lugar. E os outros cinco pacotes, para quem está deixando? Pega tudo.

Ao passar diante da porta entreaberta da cozinha, percebe sobre a mesa um prato cheio de comida. Entra, faminto como está, apanha com os dedos uma boa porção de arroz pegajoso, que engole avidamente. Não está bom. Cospe tudo no prato. Em seguida, inspeciona todos os recantos do cômodo. Não encontra nada que lhe permita abrir uma brecha nesse mistério. Pega as velas que estão sobre a mesa e sai. Acende um cigarro e dá uma longa baforada. Do lado de fora, encontra Souphia, sentada em um degrau do terraço, o olhar cravado na porta de entrada. Sempre inquieta e furiosa, pergunta:

— O que está acontecendo? Por que você não diz nada? — Rassul, tagarelando com as mãos, tenta exprimir seu cansaço com essa pergunta. — Você perdeu a língua? — Sim, faz com a cabeça, sabendo que Souphia não está tomando ao pé da letra o que disse. — O que estava procurando lá em cima? — Dá uma baforada de cigarro em sua direção. — Cigarros? — Seu olhar demora-se sobre ela. Preocupado, vem sentar-se a seu lado. Mil e uma questões lhe atravessam o espírito. A que horas ela veio aqui ontem? Viu alguém? Necessariamente, não foi antes do assassinato; caso contrário, *nana* Alia teria lhe dito que Souphia viera.

Não, ela não é a mulher do *tchadari* azul-claro. Se fosse, não teria aceitado ficar na casa.

E, se permaneceu, não foi para tomar conta da casa nem para ajudá-lo. Ela quis ficar sozinha com você. Vocês jamais tiveram uma tal ocasião, um *tête-à-tête* amoroso! Ela tem mil e uma coisas a lhe dizer. Mil e uma vontades de ouvi-lo...

O olhar apaixonado de Souphia beija os lábios de Rassul. Estão envolvidos nas volutas da fumaça.

— Voce disse que não queria mais fumar.

Ele traga ainda mais forte e novamente exala a fumaça em seus cabelos. Riem.

O riso de Souphia, que felicidade! Ele ama esse riso cristalino, inocente e tão frágil que se quebra de repente à menor suspeita de um olhar, diante de um pequeno gesto; mas que continua a iluminar seus olhos.

Ao longe, o barulho das balas e dos mísseis não perturba o silêncio tranquilo que se estabeleceu entre eles.

Souphia coloca timidamente sua mão sobre o joelho de Rassul na esperança de que ele a tome entre as suas, que a acaricie, que se deleitem com essa pausa amorosa. Mas suas mãos permanecem imóveis. Elas tremem, transpiram.

— Você decidiu não falar mais? — Souphia pergunta desesperada, os olhos fixos nos lábios cerrados de Rassul.

Depois de uma breve hesitação, ele se levanta bruscamente, entra na casa para buscar caneta e papel e para escrever-lhe tudo, mas o barulho da porta o detém. Alguém a empurra. Nazigol já está de volta? Rassul balança seu cigarro e precipita-se no corredor para esconder-se na penumbra. Souphia dirige-se à porta.

— Quem é?
— *Nana* Alia? — pergunta uma voz grave, de homem.
Souphia, em pânico, responde:
— Não, ela não está.
— A que horas volta?
— Não sei.
— Quem é você? Nazi?
— Não, Nazigol também não está. Sou a empregada.
— Ah, não! É Souphia?
— Não...
— É sim! Seja gentil, abra! Sou eu, o comandante Amer Salam.

Ele se apoia com força sobre a porta, que Souphia se esforça para manter fechada com suas mãos trêmulas e frágeis, gritando:

— Não, não sou Souphia... Me disseram para não abrir para ninguém.

— Eu não sou *ninguém*? Vá, abra! — Tenta empurrar a porta novamente. Esforço em vão. Souphia coloca rapidamente a corrente da fechadura. Amer Salam a chacoalha com mais força ainda.

Saído da penumbra, Rassul se precipita na direção da porta, que abre com raiva. Amer Salam. Espantando de vê-lo, pergunta com uma voz forte:

— *Nana* Alia não está? — Não, faz Rassul, furioso. Lançando um olhar sobre seu ombro para procurar Souphia, o comandante diz: — Então diga-lhe que Amer Salam virá esta noite com seus convidados. Que ele tem sete convivas, sete! — e vai embora.

Souphia, escondida atrás da porta, esgotada, prostrada, cai no chão. Rassul fecha a porta e, desnorteado, olha, através das tábuas desconjuntadas, Amer Salam encaminhar-se para seu carro, estacionado mais longe. Em seguida, afasta-se da porta, acende nervosamente um cigarro e vai sentar-se em um degrau do terraço. Souphia levanta-se e vem se juntar a ele. Mira-a nos olhos com insistência como para lhe perguntar: quem é Amer Salam?

Vejamos, Rassul, você gosta de fazer perguntas para as quais não sabe a resposta. É certamente um dos clientes de *nana* Alia, que vem com frequência ver as moças dançarem. Deixe Souphia sossegada.

Ela enfia a cabeça no meio dos joelhos e chora em silêncio. Perplexo, Rassul não sabe se deve consolá-la ou expulsá-la.

Por que expulsá-la? Ela merece ser consolada, amada, venerada.

Hesitante, coloca ternamente a mão sobre seu ombro. Isso a tranquiliza, como se esperasse apenas esse momento de graça. Enrondilha-se em seus braços e explode em soluços. Rassul acaricia-lhe as costas. Tivesse ele voz, ela o ouviria dizer: "Acabou, Souphia, essa puta suja se foi. Eu a matei. Acalme-se."

Ela continua chorando. Não quer parar. Não para. Jamais irá parar enquanto Rassul continuar acariciando-a. Que esse instante se eternize, essas lágrimas, esse carinho!

Infelizmente, tudo se desfaz! Rassul está perturbado, não tanto por Souphia quanto por uma estranha sensação que tem nesta casa. Tem a impressão de que alguém os observa do corredor. Levanta-se e lança um olhar furtivo e desconfiado atrás de si. Depois faz sinal a Souphia para partirem o mais rápido possível daqui.

— Quando Nazigol voltar.

Não, esta casa é amaldiçoada! Ele corre para a porta.

— Se elas chegarem e não estivermos aqui, *nana* Alia nos expulsará de nossa casa.

Aos diabos com *nana* Alia! Eu a matei.

Joga o cigarro no pátio, abre a porta e sai na ruela. Souphia, desesperada, lança-se no seu encalço.

— Rassul! Você sabe alguma coisa sobre o desaparecimento de *nana* Alia? — Souphia, não tente saber o que ele fez com ela! Você vai levá-lo à perdição. — Mas o que está acontecendo? Tenho o direito de saber. — Ele para, olha-a nos olhos, oprimido, opressivo. Como a dizer-lhe que saberá em breve, que ele próprio lhe dirá. — Ah, meu *tchadari*!... Espere, vou buscá-lo. — Ela vai. Rassul prossegue seu caminho. Depois de alguns passos, para. A dor no tornozelo. Massageia o pé.

Ao longe, em algum lugar da cidade, tiroteios. Seu olhar se volta para a montanha Asmaï, um grupo armado sobe em direção ao topo.

Ele desce em direção à *sâqikhâna*, onde...

Alguém tosse, uma tosse viscosa, arrastada. Ele escarra. Entre as duas tossidas, uma voz, a de um certo *kâka*[5] Sarwar, ressoa, uma voz cheia, solene, que recita: *"... assim Zû al-Qarnyan segue um nova rota para o norte. Após chegar a uma cidade situada perto das duas barreiras, encontrou uma gente falando uma língua insignificante, que não compreendia nenhuma outra língua e que sofria com a injustiça de Yâdjûdj e Mâdjûdj, duas tribos muito injustas que pertenciam à canalha do povo e que devastavam a terra."* Ela para e dá uma baforada de haxixe. *"Esse povo pediu então a Zû al-Qarnyan, vendo-a tão forte, tão influente, que construísse uma muralha que o separasse dos homens de Yâdjûdj e Mâdjûdj, e lhe propôs em troca pagar-lhe um tributo considerável. Yâdjûdj e Mâdjûdj eram na verdade duas tribos perversas e vicio-*

---

5. Termo utilizado para homens que vivem na Cabul antiga e que são conhecidos por sua bravura, coragem e generosidade. São sábios, poetas que ajudam os pobres. [N.A.]

sas, não escutavam nenhum conselho e não temiam calamidades. Já que Zû al-Qarnyan era naturalmente levado a fazer o bem e ajudar os ofendidos, logo aceitou apoiá-los, mas recusou formalmente receber qualquer tributo em troca. Disse-lhes: O que meu Senhor me conferiu vale mais do que suas dádivas! Ajudem-se uns aos outros com empenho e eu construirei uma muralha entre vocês e eles." *Kâka* Sarwar interrompeu novamente sua narrativa para tomar um gole de chá. "*Al-Qarnyan pediu então a esse povo para trazer blocos de ferro, de madeira, de cobre e de carvão. Preencheu as duas extremidades dos montes com blocos de ferro, depois colocou em torno os pedaços de madeira e carvão. Em seguida, acendeu o fogo e derramou o cobre fundido assim que o ferro se transformou em fornalha. Foi assim que Yâdjûdj e Mâdjûdj não puderam nem escalar essa muralha nem derrubá-la. Quando Zû al-Qarnyan terminou seu trabalho, exclamou: É uma misericódia que emana de meu Senhor. Mas, quando a promessa de meu Senhor se realizar, ele reduzirá a muralha a poeira. E a promessa de meu Senhor é a verdade!*"

— Então, *kâka* Sarwar, quando essa promessa se realizará?

— Meu Hakim, ela já se realizou! Estava dito que, no dia do apocalipse, as hordas de *Yâdjûdj* e *Mâdjûdj* conseguiriam fazer uma brecha na muralha e Alá permitiria que se espalhassem sobre a terra. Elas dominariam o mundo e exterminariam a raça humana; depois, condenariam Alá à morte, lançando flechas em direção ao céu... Onde está o cachimbo?

Trazem-no. Ele fuma e pergunta:

— Conhecem essa passagem do Corão?

— Não.

— Infelizes de vocês! E também não sabem onde se encontra essa cidade?

— Não.

— Infelizes de vocês! Essa cidade é aqui, é Cabul! — Uma última baforada, e retira-se para o canto.

— *Kâka* Sarwar, você não irá nos deixar com essa história terrível! Recite um poema que nos deixe alegres! — Pede um pequeno *bonhomme*, sentado ao lado de Rassul. *Kâka* Sarwar, olhos fechados, canta:

— *Ó Senhor de Fatwa, somos mais hábeis que você/ Mesmo bêbados, somos mais sóbrios que você/ Você bebe o sangue dos seres, nós bebemos o das vinhas/ Seja justo, quem é o mais sanguinário, nós ou você?*

— Eu! — diz uma voz. Ela arranca risos cavernosos de todos. Depois o silêncio, o torpor, o sonho... O mundo é apenas um volume sem matéria, sem peso, transparente. No meio, Rassul. Ele nada. Inteiramente nu. Inocente. Ligeiro e frágil. Que ame esse estado de graça. Uma bela alma, um poema de cânhamo.

— Rassul! Rassul! Alguém o chacoalha. Ergue-se lentamente, abre os olhos aos poucos; e, nas nuvens, ouve um adolescente que lhe fala: — Bom dia. Razmodin me enviou. Pediu-me para encontrá-lo e conduzi-lo ao Hotel Metrópole.

Eu o procurei por toda parte. — Rassul o olha do fundo de seu abismo. — ... fui a sua casa, você não estava lá. Fui à casa do falecido Moharamollah... — Que ele pare! Rassul não tem mais cabeça para escutar todas as etapas de sua busca. O garoto, vendo Rassul acender um cigarro — é Marlboro! — exclama devorado pela inveja. Rassul lhe oferece um. O outro hesita em princípio, depois pega um e senta-se diante de Rassul. — ... sua noiva me disse que o perdera. Voltei a sua casa, seu vizinho me mandou pra cá... — Está bem, está bem! faz Rassul para dizer que compreendeu tudo. Que agora se cale, que o deixe restabelecer-se.

Quando volta a si, dá uma olhada nos quatro cantos do cômodo e vê apenas espectros inertes e silenciosos.

— Teu primo passou raspando pela morte! — Passou raspando pela morte! Por quê? Rassul interroga-o com o olhar, supercílios franzidos. — Um míssil caiu atrás do hotel. Causou muitos estragos. — Razmodin está inteiro?

Rassul levanta-se subitamente e deixa o fumadouro, seguido do garoto. Corre — sempre claudicante — até chegar diante do escritório de Razmodin, situado no subsolo do hotel. A porta está entreaberta. Vê seu primo recolhendo papéis dispersos no chão.

Nada grave, portanto.

Posso ir embora.

Sim, vá embora! Caso contrário, serão de novo as mesmas palavras, as mesmas recriminações, as mesmas cóleras que, nesta manhã... E talvez pior, porque irá se dar conta de que você voltou a fumar haxixe.

Prepara-se para ir embora, mas Razmodin percebe. Interrompendo seu trabalho, precipita-se em direção à porta.

— Rassul, aonde você vai? — Rassul para. — Entre! — Rassul entra. — Sente-se! — intima Razmodin, indicando-lhe um canapé desconjuntado. Ele está nervoso, mais nervoso do que de manhã. Alguma coisa ferve nele, deixa-o desnorteado, condena-o ao silêncio. Um longo momento. O tempo de buscar suas palavras — palavras capazes de tornar suportável alguma coisa de grave. Rassul o pressente. Rassul conhece seu primo, conhece sua confusão e sua falta de habilidade nos momentos difíceis. Deixa que procure suas palavras.

— Rassul, você conhece o comandante Rostam? — Rassul baixa os olhos, como para refletir, depois faz "não" para não se trair. Claro que o conhece. É ele que aspira à mão de Donia, sem dúvida, aquele de que fala sua mãe em uma de suas cartas, sem nomeá-lo. — Ele veio de Mazar a pedido de sua mãe. Ele está lá em cima, ele o espera no restaurante do hotel — diz Razmodin ao chegar a seu escritório. Em seguida, volta-se para soprar o que o tortura: — Primo, há uma má notícia — e ele espera, espera que Rassul se levante e grite: "Que má notícia?" Mas não, ele permanece silencioso, inerte, olhar fugidio. — Rassul? — Rassul levanta os olhos. — Seu pai... — Ele morreu; isso ele sabe, mas não pode dizê-lo. E, mesmo se pudesse, não diria nada; balançaria a cabeça, como faz agora. É tudo. — Ele... morreu. — Razmodin enfim cospe a palavra, balbuciando. E Rassul balança novamente a cabeça, para fazê-lo compreender que sabia disso.

— Você já sabe?

Rassul faz que "sim", mexendo os lábios e baixando os olhos.

— Você sabia? — repete Razmodin, estupefato. — Como soube? Quem te disse? Quando?

Preciso escrever para explicar tudo e contar que há um mês minha mãe me colocou a par em uma carta que me enviou aqui, neste hotel? Lembre-se, Razmodin, foi você mesmo que a trouxe para mim. Não banque o cretino!

Não, Razmodin não é de modo algum cretino. Compreendeu tudo. Se está espantado, é porque não entende por que razão você não lhe disse nada.

— Era seu pai, primo! — Fora de si, segura o braço de Rassul: — Eles o mataram! Sabia disso? — Hoje em dia poucas pessoas morrem de morte natural, Razmodin. Você conhece minha opinião sobre esse assunto. Então, por favor, poupe-me do seu espanto idiota, de teu falso ar de surpresa... Fiquemos neste silêncio, já tão carregado com suas recriminações e com meus desesperos.

Razmodin o encara. Rassul mantém o tempo todo os olhos fixos no chão, não por medo de contradizê-lo, mas para que seu primo não perceba que fumou haxixe.

Por mais que se esconda, Razmodin começa a desconfiar. Porque se inclina, busca nos olhos desconfiados e fugidios de Rassul o menor sinal, uma pequena luz que possa assegurá-lo do estado de seu primo. Não consegue acreditar que Rassul possa ter tamanho ódio do pai.

Não, nem é ódio sequer, é um sentimento ainda mais feroz: indiferença! E pior ainda: não é indiferença em relação à existência, mas à morte de seu pai.

Não, Rassul não pode ser tão implacável, não pode ser tão desumano. Ele sem dúvida tem outra razão.

O haxixe! É isso. Olhe seus olhos! Tão vermelhos, tão perdidos, tão apagados...

— Você voltou a fumar?

Voltou, sem dúvida!

Rassul levanta-se. Sai. A porta bate. Razmodin permanece um instante totalmente só, sem ação. Depois, recobrando o sangue-frio, corre para o corredor.

— Aonde você vai? O comandante Rostam o procura.
— O que isso tem a ver com ele? Rassul ergue os ombros.
— Ele veio de Mazar-é Sharif. Era amigo de seu pai... Diz que vai cuidar de sua mãe e de sua irmã. — Que venha um outro dia. Agora Rassul está ocupado. — Primo, o que você tem? Você não diz nada! Diga-me o que está acontecendo! — Nada, Razmodin, nada! — Você está doente? — Não, faz com a cabeça.

Sim, Rassul, você está doente, doente de si mesmo.

Razmodin vai atrás dele: — Você perdeu tudo, está sem comer, sem dormir... — Tira algumas notas e coloca-as no bolso de Rassul. — Prometa-me que vai se cuidar. Vá ver um médico. Coma alguma coisa, descanse, recobre suas forças. Irei ter notícias suas...

Por que tanto desprezo por Razmodin, um primo tão benevolente?

Porque sei por que se preocupa comigo, assim gentil. Não é nem por compaixão, nem por amizade. É porque irá desposar minha irmã. Eis a razão!

E então?

Contrariado, Rassul deixa o hotel.

A rua, invadida por uma fumaça espessa, continua sufocante. Após alguns passos, Rassul para, sonhador. "Quem é esse veado do Rostam?", acende um cigarro, depois olha do outro lado da rua e encontra o Ministério das Informações e da Cultura. Lá fervilha de homens armados. Entre eles, Jano. Ao ver Rassul, chama-o:

— Salve, Rassulovski! — Rassul atravessa a rua e junta-se a ele. — Decidiu-se então? Siga-me! — Entram no prédio, descem a escada e avançam no corredor sombrio e enfumaçado do subsolo para se encontrarem diante do comandante Parwaiz, que discute com dois homens barbudos em torno de um grande mapa de Cabul. Suas vozes se perdem em meio ao barulho de um gerador. Jano aproxima-se de Parwaiz para anunciar-lhe a presença de Rassul.

— Como vai o leitor de Dostoiévski? Bem-vindo. Você rejuvenesceu desde ontem à noite! — Diz Parwaiz com um sorriso tocante. Rassul passa a mão no rosto para mostrar que é porque não tem mais barba. — A barba o incomodava? — Riso. — E a voz? — Rassul faz uma careta. — *Watandâr*, por que você não me disse ontem à noite que era primo de Razmodin? Nos conhecemos na prisão. Então?... Vai se juntar a nós? — Sim, faz, lançando um olhar constrangido em direção aos outros. — Eles são dos nossos — diz Parwaiz para tranquiliza-lo. Após um breve silêncio, devido a suas hesitações entre dizer e não dizer, e como dizer, Rassul pega um lápis que está jogado sobre o mapa de Cabul e, num canto, rabisca o nome do comandante Rostam. Parwaiz lê em voz alta e lhe pergunta, espantado:

— Você se dá com o comandante Rostam?

Ao ouvirem esse nome, os dois homens voltam a cabeça na direção de Rassul. O que o deixa ainda mais tímido. Um diz:

— Quem não o conhece! — e, com um olhar insistente, dirige-se a Parwaiz: — A propósito, queria falar com você. Pois corre uma história de que você quer se aliar a ele.

— Sim, mas...

— Me diga que isso não passa de boato!

— Infelizmente é verdade!

— Então é por isso que ele está em Cabul! Está de acordo?

— Não cabe a mim decidir...

— Parwaiz, reflita sobre o que lhe digo: no dia em que souber que esse porco está entre nós, nesse dia você me verá à sua frente do outro lado da linha.

— Comandante Morad, é melhor viver em paz com ele do que...

— Em paz com seu inimigo? Você acredita na paz entre um lobo e um cordeiro?

— O que você diz é verdade, mas fazer as pazes com seu inimigo é uma obrigação: qual a necessidade de fazê-la com um amigo?

— Mas por quê? Você sabe perfeitamente que nos detestamos! Se quer fazer as pazes com ele, meu lugar não é aqui entre vocês. Adeus!

Pega seu fuzil e precipita-se para fora. Parwaiz e o outro homem se lançam em seu encalço. Rassul fica só, desamparado, contemplando o mapa de Cabul, exposto sobre a mesa, amassado e cheio de buracos.

Então, "Donia!", o nome da sua irmã ressoa nele.

A cidade de Cabul espera o vento. Espera o vento como espera a chuva para acabar com a seca. Poucas semanas atrás, o vento se levantava mesmo antes de o sol desaparecer atrás das montanhas. Levantava a poeira assentada sobre a cidade, em cada canto e recanto das vidas, e expulsava-a. Ele não surgia de nenhum dos pontos cardeais. Dir-se-ia que subia do fundo da Terra; e ia embora depois de haver volteado, permitindo à cidade, assim, respirar, dormir, sonhar... Não se levanta mais. Deixa tudo estagnar-se: o sofrimento da guerra, a fumaça do terror, a brasa do ódio... Um cheiro de queimado, gorduroso, cola na pele, penetra nas células. Mais vale fumar um cigarro de *nana* Alia do que respirar esse ar abafado.

Rassul acende um cigarro. Nenhuma vontade de voltar para casa nem de ver Souphia. Continua a vaguear. Sem rumo.

E se fosse a um médico? Agora, com o dinheiro de Razmodin, tem como pagar a visita, comprar remédios, comer, fumar...

Na esquina de Malekazghar, repara em um consultório médico com cartaz: *"Especialista em otorrinolaringologia, etc."* Entra. A sala de espera está quase explodindo. Homens e mulheres em família. Alguns devem ter passado a noite aqui. Comem, bebem, tossem, fazem recriminações, riem...

Na entrada do corredor, um jovem que distribui números de chamada aos pacientes interpela Rassul:

— É preciso vir de manhã bem cedo, às seis horas, para ter um número. — Diante do olhar espantado de Rassul, o jovem se lamenta: — Todos os doentes de Cabul vêm aqui. Tenham eles um problema de garganta ou hemorroidas, pouco importa! Os hospitais só cuidam dos feridos de guerra, e olhe lá!

Rassul está prestes a ir embora quando uma mulher se aproxima dele e diz que, por cinquenta afghanis, pode ceder seu número se seu caso for urgente; é o noventa e seis, nove pessoas depois:

— E você vai ver, é rápido! Aí terei dinheiro para comprar leite e remédios para meu filho. — Rassul hesita, depois aceita e aguarda sua vez no corredor. Nesse meio tempo, percebe que a mulher vendeu outros três números!

A ironia é que o médico, bastante idoso, tem um problema de vista! Apesar de seus enormes óculos de míope, tem dificuldade em redigir suas prescrições. Pede aos doentes para falarem alto. Desconcertado, Rassul rabisca em uma folha de receita: "Estou sem voz", e estende-a ao médico. Irritado, berra ao jovem para ler-lhe o papel, depois compreende.

— Desde quando?

Três dias, faz com os dedos.

— Qual a razão?

Silêncio.

— Um choque físico?

— ...

— Emocional?

Sim, faz Rassul, após breve hesitação.

— Não há nenhum remédio para isso — diz o médico em um tom exasperado, tamborilando sobre suas receitas prescritas para todo tipo de doença. — Para recuperar a voz, é preciso reviver a mesma emoção, a mesma situação. São cem afghanis pela consulta, por favor — depois grita: — O seguinte!

Antes que o outro paciente chegue, Rassul paga usando todo o dinheiro que lhe resta, e deixa o consultório furioso, retomando sua perambulação por uma cidade incerta, até a noite cair. Volta para casa e dorme. Sem pesadelo.

O pesadelo, ele o vive. A graça, ele sonha com ela. Essa sem dúvida é a razão pela qual não tem vontade alguma de abrir os olhos, de deixar sua cama, de saudar o sol negro, de sentir o sofrimento da guerra, de buscar sua voz desaparecida, de pensar em seu crime... Enrola-se um pouco mais debaixo da coberta. Pálpebras cerradas. Porta fechada. Por muito tempo. Nada o tira desse estado de torpor. Nem as moscas que volteiam em torno de sua cabeça; nem os dois mísseis que caem sobre a montanha Asmaï; nem os passos desesperados de Razmodin, que sobe a escada, detém-se diante da porta fechada, depois desce; nem os gritos de alegria das filhas de Yarmohamad no pátio... Enquanto o sol não se põe, ele não se levanta.

Mas levanta-se por causa dessa diabólica mulher de *tchadari* azul-claro, que desliza lentamente para dentro do sono, em seu leito. Sempre escondida, começa a acariciar Rassul, que tenta tirar seu véu. Ela se opõe. Mas Rassul não quer escutar. Ele aspira esse tecido imenso que se esgueira constantemente entre seus dedos. A mulher ri. Estende-lhe um cofre. Dentro não há joias, mas uma bolinha translúcida, viva. — É o seu pomo de adão — diz. — Você o quer?

Rassul joga o cofre no chão, quer ver seu rosto. Tenta arrancar-lhe de novo seu *tchadari*. Tentativa fracassada. Ele próprio está envolto. Não tem mais forças para rasgar esse véu. Sufoca.

Agita-se.

Abre os olhos.

A coberta o sufoca. No quarto, tudo está calmo. Até as moscas.

Após um longo suspiro, levanta-se, deixa seu quarto, sua casa, para se perder mais uma vez nas brumas da cidade.

Arrastando-se, abre caminho em uma ruela para desembocar na praça Joyshir, onde um cheiro de pão ralenta seus passos. Para e espera que uma mão caridosa distribua *halwa*.

Em meio à multidão que aguarda paciente diante da padaria, seu olhar recai sobre um coxo, apoiado sobre uma muleta grande demais para ele. Lembra um dos dois amigos do pai de Souphia.

Após ter comprado pão, o homem passa na frente de Rassul; na madeira da muleta, há poemas gravados, como na de Moharamollah... É a mesma!

E então?

Ele a pegou enquanto seu amigo morria sob os escombros. Ele não tinha nenhuma muleta, portanto, pegou-a para se salvar. Essa muleta é grande demais para ele. Traidor sujo!

Rassul o segue, em princípio com os olhos, depois a pé.

A muleta encaixada debaixo de um braço, o pão debaixo do outro, o homem pega uma rua abarrotada onde, a meio caminho, para e torna a acomodar seu pão. Ao fazer isso, seu olhar cruza com o de Rassul, que também se deteve. Incomodado por essa troca insistente, o homem continua e chega a uma outra rua, está deserta. Aí se dá conta de que Rassul o persegue. Amedrontado, acelera o passo. Rassul também, que o alcança e barra seu caminho. Apavorado e sem fôlego, o homem aperta o pão debaixo do braço.

— Tenho seis bocas para alimentar e apenas um pão — diz em um tom suplicante.

Veja, Rassul, ele não te conhece, o miserável.

Não, não me reconhece. Vou apresentar-me. Vou refrescar-lhe a memória apodrecida.

Que me olhe diretamente nos olhos!

O coxo olha-o, aterrorizado. Aguarda uma palavra, um tapa, uma faca, uma pistola... Nada disso. Apenas um olhar furioso, aterrador.

— O que quer de mim? — pergunta o homem. — Quem é você? — Eis a questão certa. Rassul mexe os lábios para articular o nome de MO-HA-RA-MOL-LAH. O homem tenta ler seus lábios. — Mohammad?... Ah, filho de Kazem?... Você foi morto, não? Como você voltou? —

Você confunde agora os mortos e os vivos. Olhe bem! Eu sou RA-SSUUUULLLL, parente de MO-HA-RA-MOL-LAH.

Rassul aperta-lhe o braço e o empurra para baixo. Com seu dedo, escreve na terra o nome de Moharamollah.

— Que Moharamollah? — Rassul lhe aponta a muleta, esperando que ele associe o nome ao pedaço de pau. Esperança perdida. O homem continua não compreendendo o que Rassul quer dele. — Você quer minha muleta? — Não! — O que você quer então? — O indicador de Rassul aponta o nome escrito na terra. Em pânico, o homem lê de novo: — Moharamollah é você? Não o conheço. — Ele se levanta, e Rassul também. O homem tenta desviar-se dele e retomar seu caminho. Rassul, mais rápido, corta-lhe a passagem, sonda o rosto aterrorizado do homem.

É de fato ele?

Sem dúvida alguma. Vou ajudá-lo a lembrar-se dos momentos que passou fumando com Moharamollah, desse dia em que um míssil pôs fogo em tudo. Para que se lembre de sua traição, ele deve reviver o terror de sua morte.

Rassul agarra a madeira que o homem, cada vez mais aterrorizado, aperta ainda mais forte contra si próprio, implorando:

— Em nome de Alá! — Rassul não dá ouvidos. Arranca-lhe a muleta, levanta-a para bater nele. — Alá, salve-me deste louco! — grita o coxo, que desaba no chão, agarrado a seu pão. Rassul senta-se e escreve na terra: *"Sou um traidor."* O homem distingue com dificuldade as letras feitas com pedregulhos e as marcas de passos. Esforça-se para ler. Esgotado, com dificuldade de compreender o sentido da frase, interroga Rassul:

— Você é um traidor?

Não, você! Faz Rassul apontando seu indicador no peito do homem.

— Eu, um traidor! Por quê? — exclama. Rassul, brandindo a muleta diante de seus olhos horrorizados, encara-o longamente e com furor. Tira-lhe o fôlego.

"Você a roubou de", escreve ao lado do nome de Moharamollah. — Ah, não! Essa muleta é minha. Eu a comprei. Juro... — Mas o pau atinge sua perna e tira-lhe um grito doloroso. — Socorro! — Rassul agarra-o pelos cabelos e força sua cabeça contra o chão para que ele leia em voz alta: *"Sou um traidor";* mas ele não lê, grita cada vez mais forte: — Socorro! Me salvem! Me ajudem! — A muleta desta vez afunda em seu crânio e o faz calar-se. Em lágrimas, suplica: — Meu irmão, você é muçulmano ou não? Tenho seis filhos. Por Alá, piedade!... Não tenho dinheiro. Juro que não tenho dinheiro. — O miserável! Ele não sabe que, se fosse por dinheiro, já teria o crânio aberto.

Deixe-o, Rassul! Ele nunca compreenderá o que você quer dele e por quê.

Que admita que é um traidor. Que grite.

A muleta é erguida novamente com o grito do homem.

— Não bata! Está bem. Não bata! — Ela fica suspensa. — Eu traí... Traí. Perdoe-me! Alá, peço perdão... — A muleta desce de novo sobre sua cabeça; ele grita de dor, de medo.

— Não bata! Eu traí. — Que grite mais uma vez — eu traí — mais forte — eu traí — ainda mais forte. Que todo mundo o ouça. Grite! — Sou um traidor! Um criminoso! — Não, você não é um criminoso. VOCÊ É UM TRAIDOR!

Rassul, você está bom para ir para o hospital de Aliâbâd. Como quer que esse pobre-diabo conheça tuas obsessões? Ele não foi iludido por elas. Para ele a traição e o crime são a mesma coisa, têm a mesma gravidade.

Não. Ele sabe distingui-los perfeitamente. Ele é daqui, deste país onde a traição é mais grave que o crime. Pouco importa se mata, rouba, estupra... O que conta é não trair. Não trair Alá, seu clã, sua família, sua pátria, seu amigo... Mas ele, ele fez isso!

Não é preciso nenhum pretexto. Nada justifica sua obstinação contra esse homem, nada, a não ser cometer um outro crime a fim de reviver a mesma situação, o mesmo choque, a mesma emoção que o fez emudecer. E tudo isso para reencontrar sua voz?

Deixe esse homem viver. Sua voz e mesmo a de um profeta não valem uma vida.

Lívido, lança a muleta com tanta força contra uma parede que ela se parte. Senta-se. O homem chora.

Depois de ter recuperado o fôlego, Rassul acende um cigarro e dá uma olhada no coxo, que, gemendo, tenta erguer-se. Acende um outro cigarro e lhe entrega.

Depois vai embora.

Chega à *sâqikhâna*.

Kâka Sarwar e seu grupo não estão lá. Mas o fumadouro está abarrotado. Todos de olhos fixos sobre um alucinado, barba e cabelos longos. Cada um deles estende-lhe alguma coisa: uma taça de chá, uma nota de quinhentos afghanis ou uma bala de fuzil. O alucinado pega a nota; em seguida, pega a bala de fuzil, a introduz em sua boca e a engole; enfim, pega a taça de chá, que engole de uma vez. Um homem, aquele que lhe deu o dinheiro, estupefato, volta-se para os outros.

— Com essa, são cinco balas! Vocês viram? É a quinta bala que ele acaba de engolir!

O alucinado, indiferente aos olhares desconcertados, levanta-se e, depois de um grito rouco, *"Ya hoo"*, deixa o fumadouro, seguido de alguns homens.

Em troca de dois Marlboro, Rassul dá uma longa tragada de haxixe, que guarda nos pulmões. Fecha os olhos. E o mundo desaparece, como as balas na boca do homem, até o amanhecer.

Ao amanhecer, ouve a voz de *kâka* Sarwar ressoar no andar de cima, na *tchaykhâna*. Junta-se ao grupo, que o convida a partilhar de seu café da manhã. Depois, desce com eles na *sâqikhâna*.

Ébrio de haxixe, deixa o fumadouro.

Tem medo de entrar em casa. Tem a impressão de que seu quarto foi invadido por espectros fugidos dos pesadelos: a mulher com véu azul-claro, Yarmohamad armado com uma faca, Razmodin com suas lições de moral e mesmo Dostoiévski com seu *Crime e castigo*...

Seus passos cambaleantes tomam o caminho da casa de Souphia.

O que você procura junto dela?

Preciso dela e de ninguém mais. Preciso que me tome na pureza de suas lágrimas, na candura de seu sorriso, na brancura de sua respiração... até que eu morra através de sua inocência.

Dito de outro modo, você precisa de sua ingenuidade, de sua fragilidade, para se redimir. E nada mais! Deixa-a tranquila. Não a leve para seu abismo.

Ele para.

Vou escrever-lhe tudo em seu caderno e entregar-lhe. Vou devolver-lhe sua vida.

Apressa o passo. Mancando. Bêbado.

Tem dificuldade para subir a escada, para chegar à porta, para deslizar para dentro do quarto. E, quando enfim chega, surpreende-se ao ver sua morada arrumada, com tudo no lugar. Suas roupas estão bem dobradas, seus livros empilhados no canto; nenhum caco de virdro no chão.

Quem teve tanto trabalho por ele? Certamente Rona, a mulher de Yarmohamad. Foi ela, como antes.

Aproxima-se da janela, dá uma olhada na direção da casa de Yarmohamad. O pátio está vazio. Nenhuma sombra atrás dos vidros. Uma sombra interior se apossa dele, superando sua surpresa diante do quarto tão organizado e de seu desejo atormentado de escrever a Souphia.

Na verdade, pelo que ele se felicita? Por sua vitória sobre Yarmohamad, que não pôde impedir sua mulher de arrumar suas coisas?

Que homem orgulhoso!

Esta alegria vil e infantil voa em pedaços quando seu olhar recai sobre o famoso caderno, colocado com cuidado no vão da janela. Lança-se sobre ele. Rona o abriu, leu seus poemas e seus pensamentos íntimos por Souphia? E a última frase, *"Hoje matei* nana *Alia?"*

O caderno treme em suas mãos. Ele abre na última página e lê: *"Hoje matei* nana *Alia."* Senta-se sobre o colchão. Em seguida, após uma longa reflexão, pega uma caneta para acrescentar: *"Eu a matei por você, Souphia."*

Por ela? Por quê?

Vou lhe escrever por quê. Mas antes quero falar dela, de sua inocência frágil, daquilo de que jamais soube falar com palavras límpidas, sem retórica. *"Souphia, eu jamais a beijei. Sabe por quê?..."* Um barulho de passos subindo a escada suspende suas palavras na ponta da caneta. Batem à porta. Uma voz feminina, doce, faz-se ouvir:

— Rassul *djân,* é Rona. — Ele pula para abrir a porta.
— Bom dia — diz ela com intimidade. Tem na mão um prato, recoberto por uma toalha branca. Afasta-se para deixá-la entrar e observa-a furtivamente, ansioso para verificar como reage à vista do caderno em sua mão.

— Rassul *djân,* eu vim te pedir para desculpar Yarmohamad. Nesses últimos dias, ele não está em seu juízo normal. Está nervoso. Tem medo... Você o conhece. Além disso, não tem mais trabalho. Está simplesmente inquieto... — Ela estende-lhe o prato: — Tome, é *kishmishpanir,* queijo fresco caseiro, aquele que você adora, e uvas-passas.

Constrangido, Rassul pega o prato e agradece com um gesto vago, como para dizer-lhe que não deve inquietar-se, que tudo acabou. Em seguida, a fim de exprimir sua gratidão pela arrumação do quarto, faz uma reverência, mostrando com a mão — que segura o caderno — o canto onde os livros estão alinhados, bem arrumados.

— Fiz como fazia antes. No tempo em que...

Ele não ouve mais. Seguro de não ter visto nem suspeita nem inquietude em seu olhar, ele está fascinado, como antes, por seus lábios carnudos e brilhantes, seus olhos amendoados, cor de avelã. E ela, sabendo de seu poder de sedução — e isso há muito tempo —, brinca com ele, morde o véu entre os dentes, escondendo, assim, seus lábios. Rassul está convencido de que, se Yarmohamad tem ódio dele, é em grande parte por causa de seu fraco por Rona. Ele certamente deve duvidar de seu poder de atração.

— Bom, vou indo... — Ela decide partir. Rassul, confuso por não haver escutado o que dizia sob o véu, segue-a. Na soleira do quarto, fica observando-a até que desapareça na penumbra do corredor de sua casa. Por trás das janelas, procura Yarmohamad. Nenhuma sombra. Sem dúvida ele se ausentou; esta é a razão por que Rona ousou visitá-lo.

Se Rassul não estivesse com a cabeça tão longe, se não tivesse tantas preocupações e o caderno de Souphia à mão, ele se deitaria em seu colchão, tomado por seus fantasmas. Sua mão escorregaria para dentro de sua calça para acariciar seu membro. Imaginaria duas ou três cenas com ela para se masturbar. Hoje escolheria aquela em que Rona está toda nua, sentada no balanço de suas filhas. A cabeça ligeiramente inclinada, um sorriso malicioso nos lábios. Ela encara Rassul diretamente nos olhos. Pernas afastadas, as cordas enroladas em torno do braço, mãos colocadas no púbis, acaricia-se... Bem, não é o momento. É preciso estar muito doente, obcecado, um louco evadido do hospital de Aliâbâd para pensar nisso agora!

Deixe o prato, feche a porta e ponha-se a escrever.

Ele reabre o caderno.

"Souphia, eu nunca te beijei. Sabe por quê?" E depois? *"Porque seria preciso força demais para beijar sua inocência..."* De onde você tira isso? Você não pode ter um espírito mais límpido, palavras mais diretas? Beijar sua inocência! O que isso quer dizer? Se escrever isso, ela irá troçar de você, lhe dirá: "Quebre minha inocência! Beije-me! E eu lhe darei a força."

Abatido, fecha o caderno, joga-o entre os livros e desaba na cama. Baixa as pálpebras para encontrar na sombra e no silêncio as palavras que procura. Mas o barulho de passos na escada arranca-o da cama. Passos pesados, desta vez.

— Rassul! É Razmodin. — Não está só, alguém cochicha em sua orelha. Rassul não se mexe. — Rassul? — repete Razmodin batendo na porta. Após uma breve espera, chama as filhas de Yarmohamad:

— Ei, meninas! Rassul saiu?

— Não, ele está no quarto. Talvez esteja dormindo — respondem em uma só voz.

Vá aos diabos!, Rassul esbraveja para si mesmo. E levanta-se.

— Rassul — repete de novo Razmodin, batendo na porta fechada por dentro. Bate mais forte. Um instante Rassul resmunga surdamente. Vai abrir.

— Ah, enfim! Faz dois dias que te procuro — exclama Razmodin, aproximando-se; atrás dele, um homenzinho magro, vestido com um turbante branco. — Rassul, o comandante Rostam fez a gentileza de vir visitá-lo. — O comandante Rostam avança em direção a Rassul:

— Meu caro Rassul — toma-o nos braços —, enfim posso encontrá-lo!

Rassul, frio e pouco acolhedor, recua. Rostam permanece na soleira da porta, aguardando ser convidado para entrar. É Razmodin que toma a iniciativa; precipita-se no quarto e faz-lhe um sinal de bem-vindo. O outro entra e começa um discurso cerimonioso:

— Meu caro Rassul, venho da parte de sua venerável mãe. Não sei por onde começar. Tenho duas notícias de sua família. Uma é infelizmente má e muito triste, a outra, boa e cheia de esperança: devo anunciar-lhe, com imensa dor, que seu pai, que era um bom muçulmano, tão puro, entregou corajosamente sua alma ao misericordioso Alá. Morreu como mártir. Apresento-lhe todas as minhas condolências. Que o paraíso seja a sua casa. E imploro junto a Alá, o misericordioso, para que sua família tenha muita paciência, uma vida longa e próspera... — erguendo as duas mãos para rezar —, *Inâ-lellahé wa inâ-ellaïhé râdji'oun.* — Em seguida, cala-se e aguarda Rassul falar. Este, impassível, olha-o. Mais embaraçado do que espantado, Rostam olha Razmodin de rabo de olho, depois, sem esperar ser convidado para sentar-se, tira os sapatos e toma um lugar no colchão. Razmodin faz o mesmo. E os dois encaram Rassul, que, sempre indiferente, senta-se mais longe.

Silêncio.

Um silêncio morno que Rostam tenta romper oferecendo um cigarro a Rassul — que recusa —, depois a Razmodin. E retoma o fio de seu discurso:

— Sua mãe me disse que o colocou a par desses acontecimentos lamentáveis através de uma carta... Mas vejo que ela não chegou... — A maneira como Rassul mexe a cabeça e agita os supercílios, para exprimir que recebeu a carta, desestabiliza um pouco mais o comandante. Desconcertado, segue Rassul com o olhar, que vasculha em seus livros para encontrar a carta de sua mãe e brandi-la diante dos olhos esgotados de Rostam e de Razmodin, depois volta a seu lugar e, de maneira desastrada, serve-se de uma raquete de plástico para espantar as moscas que voam em torno do prato de *kishmish-panir*.

— Então você a recebeu? — pergunta o comandante.

Sim.

— Mas... sua respeitável mãe pensa que você não está sabendo de seu pai mártir! Após ter enviado essa carta, ela aguardou muito por você...

Com um ar reprovador, Rassul encara Razmodin, que mantém os olhos abaixados, voltados para a ponta de suas unhas, temendo que o primo diga: "Meu pai, morto ou vivo, não tinha para mim grande importância." Razmodin certamente não falou disso a Rostam. Mas por quê? Deveria tê-lo feito!

Rassul bate com a raquete em uma mosca que acaba de pousar à sua frente e joga seu cadáver na direção da porta. Rostam compreende a mensagem; furioso, mal consegue se conter.

— Saiba você que, para um jovem muçulmano afegão, o dever para com seus pais está acima de tudo, o sangue do pai custa caro. Todos o aguardavam para que você jurasse vingá-lo... Mas... — é interrompido por uma raquetada que esmaga outra mosca. Nervoso, volta-se para Razmodin: — Você sabe quanto sua mãe e sua irmã irão sofrer ao saberem como esse jovem se comporta em relação a elas e ao falecido Ibrahim? — Razmodim aprova com a cabeça, imaginando em que Rassul está pensando: "Não, elas devem estar aliviadas pela morte de meu pai."

Rostam, cada vez mais desconcertado pelo mutismo de Rassul, dá uma longa tragada em seu cigarro e aguarda. Espera vã. Fica impaciente.

— Em nome de Alá, diga alguma coisa!...

Rassul larga a raquete e olha-o com desdém, longamente. Razmodin sabe perfeitamente o que fervilha em Rassul, mas não compreende por que permanece quieto. Por respeito? Isso não combina com ele. Como de hábito, deve pesar suas palavras para insultar todos aqueles que, em nome da tradição, da honra ou da religião encorajam as pessoas a se matarem, a se vingarem, a alimentarem a guerra...

— Você sabe quem matou seu pai?

Rassul ergue os ombros, isso não o interessa.

— Foi um ladrão, um malfeitor, que o matou por dinheiro... por dinheiro!

Então era alguém que tinha fome. Vingar-se de um esfomeado não tem nenhum interesse. Meu pai, comunista que era, sempre arranjava brigas para defender os famintos; matava os ricos para salvar os pobres, não é? Sua alma deve estar feliz ao ver alguns famintos comerem graças a seu dinheiro!

Razmodin fica aterrorizado só de imaginar o que Rassul remói em sua cabeça. Entretanto, está espantado, não, não espantado, mas aliviado, ao ver Rassul calar-se. É preciso aproveitar-se disso. Volta-se para Rostam a fim de apresentar suas desculpas:

— Faz alguns dias que meu primo não está bem... — mas é interrompido por Rassul, que se levanta bruscamente, coloca os sapatos de Rostam para fora e lhe faz sinal de deixar o quarto.

Rostam, fora de si, salta sobre os pés, gritando:

— Mas que rapaz *béadab*! Ingrato! — depois, dirigindo-se a Razmodin: — Se não fosse por respeito a sua mãe e a sua irmã, teria estourado suas tripas agora mesmo! — Escarra no chão, aos pés de Rassul. Mas, antes que este reaja, Razmodin força Rostam a sair.

Rassul fecha a porta e fica de pé no meio do quarto, ouvindo Razmodin correndo atrás do comandante: "Não se irrite, não o leve a mal. Ele está doente, eu juro. Está estranho desde a morte de seu pai. Faz um mês que todo mundo se queixa dele..." Sua voz se perde na ruela, desaparece.

Rassul, já sem raiva, senta-se com um sorriso triunfal. Pega novamente a raquete e olha em torno de si em busca de outra vítima. Mal uma mosca aterrissa em seu colchão, a raquete se abate sobre ela e a joga para a porta.

Agora que se acalmou, pega a carta de sua mãe e a relê do começo ao fim. Deus seja louvado, mas sua mãe não tem nem uma bela escrita nem um modo fino de dizer as coisas em dez páginas, como a mãe de Raskólnikov! Esta carta é curta, mal escrita, quase ilegível.

Relê as frases que dizem respeito a sua irmã, Donia. *"Há um homem, rico e influente, que pede a mão de sua irmã..."* Mas quem? Por que sua mãe evitou escrever seu nome? *Rico e influente*, isso quer dizer que não é um desconhecido. Sem dúvida trata-se de um homem controverso, de má reputação. É por isso que sua mãe não quer que saiba de quem ela fala.

Seu olhar vagueia sem rumo pelo papel, temendo encontrar palavras que de modo algum quer ler. Mas elas estão lá, as palavras, mais legíveis que o resto: *"Donia está de acordo. Mas antes ela queria sua concordância. Você agora é o homem de nossa casa..."* Ele dobra a carta. *"... o homem de nossa casa."* Da primeira vez que leu a carta, essa frase o encheu de orgulho, *"o homem de nossa casa"*, mas agora ele se dá conta de que ela contém uma outra mensagem, quase insolente. Cada palavra tem uma outra cor, uma outra sonoridade. Não são mais ingênuas, inocentes. Exalam ironia, recriminações, não ditos...

O homem de nossa casa!

Não, tua mãe não é capaz de escrever uma tal carta. É você que tem essa impressão repulsiva. Releia-a um outro dia e você só encontrará nela sabedoria e bem-aventurança.

Dobra a carta para colocá-la no livro. Mas não em qualquer um deles. Certamente, em um dos volumes de *Crime e castigo*! E pior ainda: entre as páginas em que Raskólnikov lê a carta de sua mãe.

Isso é demais, Rassul!

Ainda não pôs o livro no lugar quando a porta se entreabre de novo, violentamente, e a voz de Razmodin enche o quarto:

— Você não tem mais amor à vida ou o quê? Você quer que num desses dias uma maldita bala acabe com você? O que é que está procurando exatamente? Está de fato doente. — Rassul olha para ele, hesita em entregar-lhe a carta de sua mãe. — Por que se comportou como um imbecil? Você sabe que ele levou minha tia e Donia para sua casa para que não ficassem sozinhas? Fez todo esse caminho para tranquilizá-lo e dar-lhe dinheiro.

Tome! — Tira de seu bolso um maço de notas que joga na beirada do colchão. — Você não somente não lhe agradece como nem sequer lhe dirige a palavra! Por quê?

Transtornado, Rassul reabre o livro, pega a carta de sua mãe e estende-a a Razmodin! Leia! E ele a lê. Cada palavra o derruba, enfia sua cabeça nos ombros, faz tremer suas mãos. Agora ele compreende por que esse dinheiro! E, sim, essa generosidade, essa gentileza, não são por causa dos belos olhos de Rassul. Com esse dinheiro, Rostam pretende comprar Donia. Donia, sua prima. Aquela que você ama e pretende desposar.

— Era essa então a "boa notícia" que esse filho da puta queria anunciar? — pergunta Razmodin com um ar transtornado. Eis por que Rassul o tratou de forma tão odiosa, era para impedi-lo de anunciar a novidade na sua frente. — Donia — exclama Razmodin. Toma Rassul pelos ombros e pergunta-lhe com uma voz apagada: — Mas... Mas por que você não me disse nada? — Rassul solta seus ombros. — Se você tivesse me dito, eu teria ido a Mazar, o teria levado também... — Então, vá agora e deixe Rassul sossegado. — Eu o levo. — Rassul não pode fazer mais nada. Vá, Razmodin, traga sua mãe e Donia a Cabul!

Razmodin dá um salto e se inflama:

— Vamos procurá-las... — mas o olhar desesperado de Rassul dá razão a sua impetuosidade. Ele volta a si: — Não, aqui se tornou muito perigoso. Vamos todos ao Tadjiquistão. — Não, faz Rassul. — Na verdade, lá também é uma região controlada... então onde? Ache uma solução, merda! — Faça o que quiser, mas deixe Rassul tranquilo... Tranquilo!

Dividido entre sua raiva diante do silêncio incompreensível de Rassul e sua apreensão com uma ameaça da parte de Rostam, Razmodim permanece prostrado por um instante. Depois, subitamente, bate a porta. Ouve-se seus passos furiosos descerem a escada, ressoando no pátio, e desaparecendo enfim na poeira do crepúsculo.

Rassul, esgotado, fecha os olhos sem, no entanto, adormecer.

A noite cai, tenebrosa.

Ela invade o quarto.

E, quando os chamados para as preces tornam-se um coro, roubando o sono à cidade, Rassul abre os olhos com dificuldade. Sua cabeça gira. Ergue-se, senta-se apoiado na parede, as pernas dobradas e juntas do peito.

Treme. Treme de raiva, de medo, de covardia... de tudo.

Tudo se mistura em seu peito.

A garganta incha e se fende, surdamente.

Ele chora.

Ele dorme.

De repente, o barulho aterrador de uma explosão desperta-o sobressaltado. Molhado de suor, senta-se no colchão, e seu olhar dirige-se para a janela. Atrás da janela, ainda é noite, sempre escuro. A fumaça escura impede a lua de deslizar para dentro dos sonhos das casas.

Rassul acende a vela que Rona deixou ao alcance de sua mão. Arrasta-se até a bilha de barro. Nem uma só gota de água.

Volta ao leito, seu olhar se fixa sobre o maço de notas que Rostam deixou a Razmodin. Uma mosca vem se pavonear ali. O maço é o mesmo que *nana* Alia segurava com firmeza com sua mão dura e carnuda. É apenas uma impressão. Todos os maços se parecem.

Pegue-o.

Depois de uma longa hesitação, pega-o com um gesto nervoso, como se, no caminho, quisesse engolir uma mosca. Ela se salva e se junta a sua colônia, na toalha branca que recobre o queijo fresco e as uvas-passas.

Contempla demoradamente o dinheiro, depois joga-o para longe. Por medo ou repugnância.

Acende um cigarro.

E pensa.

Pensa que, no final das contas, esse dinheiro não é tão sujo quanto o de *nana* Alia. Nem mesmo perigoso. Então por que tanto nojo? "Por orgulho!", diria Razmodin, "você está inteiramente corroído pelo orgulho, Rassul. Um orgulho que não repousa sobre nada, um orgulho absurdo."

Sim, admito, esse orgulho que não é baseado em nada. Que o mundo saiba disso: prefiro o orgulho à arrogância. Ser arrogante é ser arrogante com *alguma coisa*, é ser dependente dessa coisa. Enquanto o orgulho é profundo, interior, pessoal, independente, sem referência social. A arrogância proporciona a honra; o orgulho, a dignidade.

Mais palavras, belas de ouvir. Apesar de tudo o que viveu e ainda vive, você não consegue se convencer de que precisa desse dinheiro. No total, perto de cinquenta mil afghanis. Você pode salvar sua mãe, sua irmã e sua noiva com ele. Deixar sua família agonizar não é um atentado a seu orgulho, a sua dignidade?

Exasperado, dá uma longa tragada no cigarro e, ao expirar a fumaça, apaga a vela. Depois, deita-se no escuro. Espera o dia nascer para ir procurar seu primo e devolver-lhe o dinheiro.

Não, não é com esse dinheiro que vou salvar minha família.

Está bem. Mas com o quê, então?

Vira-se, se retorce e, com as unhas, tira algumas cascas de pintura que descolam da parede. Depois, como em sua infância, lambe a ponta de suas unhas, os resíduos da pintura, sempre nauseabundos. Ele os lambe para vomitar e não dormir.

Ele não vomita.
E dorme.

Ao nascer do dia, chega ao Hotel Métropole. O bairro está cercado, protegido por tanques, alguns jipes armados e veículos com a sigla UN. Rassul avança com um passo decidido diante do hotel. Lá, dois homens armados o param. Mexe os lábios como para articular o nome de Razmodin.
— O quê?
De repente, tudo se perde na balbúrdia. Homens carregam um cadáver de "mártir", berrando: *"Allah-o Akbar!"*, depois "Vinguemos nossos *shahids*!". Os dois guardas deixam Rassul sozinho, juntam-se ao cortejo e desaparecem. Ele entra no hotel. O lobby está tomado por homens armados e jornalistas. Esperando. O quê? Ninguém dá a impressão de sabê-lo. Todos à espreita. Razmodin dirige-se à escada que leva ao escritório de Razmodin, mas, no

caminho, encolhe-se em um canto ao perceber na outra ponta do corredor o comandante Rostam acompanhado de dois homens — aqueles que encontrou no escritório de Parwaiz, aqueles que escarraram um ódio sem fim pelo comandante vindo de Mazar-é Sharif. Contentes, apesar do ambiente tenso que reina no hotel, têm agora ar de cúmplices.

Rassul chega discretamente ao escritório de Razmodin. Ele não está lá. Deve ter partido para Mazar, buscar Donia. Eis um homem, um verdadeiro homem. Faz o que deve fazer. Melhor assim.

Sim, melhor assim, porque ele o alivia de sua responsabilidade.

Estou cheio. Que me considerem um covarde. Que não presta para nada. Sou apenas um filho fracassado, um amigo fracassado, um inimigo fracassado, um estudante fracassado, um noivo fracassado, um criminoso fracassado... E nada mais. Deixem que eu me embebede, que paire nos abismos poéticos do cânhamo.

Bate na porta da *sâqikhâna*.

— Quem é? — pergunta Hakim, o proprietário do fumadouro, que olha pelas frestas da porta. — É Rassul?

— Sim.

— Mas qual? O santo ou o fumador de haxixe? — Eleva-se a voz de *kâka* Sarwar. Hakim abre a porta rindo e puxa Rassul para dentro. Como sempre, tudo está leve e flutuando nas volutas de fumaça, como em um sonho.

Hakim fecha a porta e indica a Rassul um lugar no círculo dos fumantes, ao lado de um jovem em transe.

— Jalal, abra um espaço para ele.

É um outro jovem, sentado ao lado de Jalal, que se afasta, dizendo:

— Não estrague seu prazer. Jalal paira no sétimo céu. Se ele se mexer, cai. Venha aqui, meu rapaz, perto de Mostapha. Você ficará bem também. — Coloca Rassul a seu lado e lhe estende o cachimbo. — Tome, para você que acaba de chegar novo em folha. — Antes de tudo, Rassul esvazia seu peito do ar sofrido da cidade, depois aspira o haxixe até onde seus pulmões permitem.

— A mãe desse Jalal o colocou no mundo graças ao ópio. Parece que ele era grande. Foi graças à força do ópio que conseguiu dar à luz Jalal. Portanto, ele nasceu do ópio, na embriaguez... Que sorte!

Exalando a fumaça, Rassul olha rapidamente para Jalal, que levanta a cabeça e murmura:

— A guerra ainda não começou?

Mostapha cochicha:

— O que é que contam lá fora, mais um golpe de Estado? — Rassul ergue os ombros para dizer que não sabe de nada, e dá outra tragada.

— Ele também não sabe nada, *kâka* Sarwar — diz Mostapha, mostrando Rassul. — Então ele não é *Rassul*, o Santo Mensageiro.

Kâka Sarwar mexe a cabeça:

— Ignorar tudo, isso é sabedoria! Sim, esse jovem compreendeu tudo. Ele sabe tudo, mas o ignora.

A cabeça de outro homem surge em meio à fumaça:

— Faz alguns anos que ignoramos tudo e que o mundo nos ignora. Isso também é sabedoria?

— Não é a mesma coisa.

— Então não entendo mais nada do que está dizendo, *kâka* Sarwar.

— Escute, quando você diz que não sabe nada, é o início da sabedoria. E, quando diz que ignora tudo, isso quer dizer que chegou à sabedoria absoluta. Você sabe alguma coisa dessa guerra?

— Não.

— Muito bem. Você sabe que não sabe. Isso já é colossal! E, quando compreender o porquê dessa guerra, gostaria de ignorar tudo. Vamos, me passe o cachimbo! — Ele fuma, depois retoma: — Um sábio entre os sábios, chamado Attar, dizia que no vale do espanto — o penúltimo vale da sabedoria, a que chamava de Wâdié Hayrat —, o viajante ficaria estupefato e se perderia. Ele esqueceria tudo e se esqueceria de si mesmo! — Fecha os olhos e recita o poema: — *"Se lhe disserem: 'Você é ou não é? Você tem ou não tem o sentimento da existência; você está no meio, ou não está, ou está na margem; você está visível ou escondido; você é mortal ou imortal; você é um e outro ou nem um nem outro; enfim, você existe ou não existe?' Ele responderá positivamente: 'Não sei nada sobre isso, eu o ignoro e ignoro a mim mesmo. Estou apai-*

xonado, mas não sei por quem; não sou nem fiel nem infiel. Quem sou eu então? Ignoro até meu amor; tenho o coração ao mesmo tempo pleno e vazio de amor.'"

— Então estamos todos neste vale? — pergunta Hakim, arrancando risadas dos fumantes.

— Se, ao invés de fazermos perguntas idiotas, você conseguisse nos surpreender como seu haxixe, SIM! — diz *kâka* Sarwar e, após haver dado uma longa tragada, passa o cachimbo a Jalal, que voltara a si:

— A guerra então ainda não começou.

— Já acabou. Fume, fume tranquilo! — tranquiliza-o Mostapha. Depois dirige-se a Rassul: — É porque ele tem medo da guerra. Ele tem medo do sangue, das balas e dos mísseis. É porque antes de morrer na guerra, quer se matar com o haxixe. Faz quatro dias que plana de uma *sâqikhâna* a outra.

O cachimbo está vazio. Jalal ergue a cabeça, totalmente desfeito:

— Acabou?

— A guerra? Sim.

— Não, o haxixe...

Hakim se inclina para fornecer-lhe uma nova pipa:

— Você tem dinheiro?

— Dinheiro?... Mostapha, você tem...?

— Não, meu Jalal. Nossos bolsos estão tão secos quanto nossos cus.

Rassul levanta-se, cambaleante, tira uma nota de quinhentos afghanis de seu bolso e a entrega a Jalal. Todo mundo o olha com espanto e admiração. Tira uma outra nota de quinhentos afghanis e a estende a Hakim para que compre *kebabs* para todo mundo.

Todas as vozes se levantam, agradecendo-o. Ele mesmo deixa o fumadouro orgulhoso, leve. Mais leve que o ar. Que felicidade! A partir de agora, irá viver com o dinheiro de Rostam como teria podido viver com o de *nana* Alia. Digno e feliz.

Agora vou buscar Souphia. Vou apertá-la em meus braços. Vamos nos casar. Vou levá-las, ela e nossas duas famílias, a algum lugar longe daqui, além das fronteiras do terror.

Corre.

Um míssil faz tremer a terra sob seus pés.

Corre.

Nada o retém. Nem os tiros, nem a circulação, nem a dor no tornozelo.

Nada o afeta. Nem os gritos, nem os choros, nem os pedidos de socorro.

Só para diante da casa de Souphia. Sem fôlego, espera se recobrar, depois bate à porta.

Após um longo silêncio, a porta se abre. É Daoud. Veja, ele não está no telhado!

— A essa hora, nenhum pombo voa. — Daoud fecha a porta e, febril, segue Rassul. — Meu pombo voltou. Desde que você foi embora, ele voltou. Acho que tinha fugido para longe daqui — escarnece —, eu já o vendi por... — contente e orgulhoso, dirige-se para um canto do pátio, pega alguma coisa debaixo da gaiola dos pombos e traz a Rassul. — Olhe a troco de que eu o revendi. — É um Colt. — Em bom estado! — Rassul verifica o carregador, está cheio. — Peguei para você... — Para ele? Vai fazer o que com isso? — Todo mundo tem uma, a não ser você! — Se tiver uma, não morrerá. Esconda-a para que minha mãe não a veja. — Inquieto, pega-a e a esconde sob a camisa. — Seu primo veio. Estava à sua procura. Disse que ia a Mazar. — Rassul avança no corredor e vê luz na cozinha. Entra e cumprimenta a mãe de Souphia.

— Como está, meu filho? Razmodin veio aqui e nos falou de seu pai. Que Deus tenha sua alma e que o paraíso seja sua morada. Como vão sua mãe e sua irmã? — Ela evita o olhar de Rassul. — O que é que ela ainda deve suportar, sua pobre mãe! — Como luto, o silêncio.

E Souphia? Onde está?

Rassul dá uma olhada no corredor. Nenhum barulho, nenhum sinal dela.

— Pedi um pouco de dinheiro a Nazigol, disse a mim mesma que pelo menos uma vez na vida meus filhos iriam saciar sua fome — diz ela, como para justificar alguma coisa. Mas o quê? Inclina-se para ver o forno. Olha lá dentro como se estivesse à procura de suas palavras. Após uma longa hesitação, diz: — Souphia foi à casa de *nana* Alia. — Sua voz é seca, seca demais. — Nazigol veio buscá-la. Ela está completamente só. Sua mãe partiu para não se sabe onde. Há muita coisa a fazer, e Souphia irá voltar tarde. — Ele, no entanto, havia lhe pedido para não voltar mais lá. E ela voltou. Em outras palavras, suas instruções não têm mais nenhum valor para ela. É tudo. Volta-se para partir, mas a mãe de Souphia, sem se virar, o detém: — Rassul... — Uma pausa que não é um presságio de algo bom de ouvir. — Tenho... duas ou três coisas a lhe dizer... — Pronto. Rassul vai ouvir o que temia que ela dissesse: — Mas não sei como lhe dizer. — Ela assoa o nariz com o lenço. — Não leve a mal. Sei que nós nos entendemos... — Sim, Rassul a compreende muito bem... Já faz certo tempo que está pronto para ouvir o que traz dentro do coração. Diga-lhe tudo: — Até quando vamos esperá-lo? Ainda mais que sua vida mudou agora. Você tem sua mãe e sua irmã, que precisam de você, mais do que nós. É preciso que volte para junto delas. — Rassul tem a impressão de que seu corpo se esvazia. Esvazia-se de sangue, de esperança, de vida. Não é mais do que um pedaço de palha, seco, minúsculo... para jogar no chão, para se deixar levar pelo menor golpe de vento. Apoia-se na parede para não cair aos pés da mãe de Souphia, que o oprime: — Agora devemos pensar em nós, não podemos esperá-lo eternamente. Você não tem mais nada. Sem trabalho. Sem dinheiro. Até quando? Deixe-nos cuidarmos de nós mesmas, encontrar uma solução. — Mas ele ama Souphia. — Volte para a casa de sua mãe, Rassul! Vamos nos virar. Não se preocupe. — Mas ele ama Souphia.

Sim, ela sabe. E é por isso que se cala, interrompe suas palavras para exprimir seu pensamento apenas pelo olhar, carregado de lamento e desolação por Rassul. Ele abaixa a cabeça. Após permanecer prostrado por um longo tempo, deixa a cozinha, o corredor. Em um canto do pátio, encontra Daoud, que à luz de uma lâmpada a óleo, cuida da asa ferida de um pombo. Rassul tira o maço de notas e lhe entrega tudo.

— O que é isso? — O preço de seu Colt. Daoud, feliz da vida, pega as notas e lhe dá a arma. — Todo esse dinheiro, é para mim? — Sim. — Todo? — Todo. — Dá para comprar quantos pombos com esse dinheiro? — Rassul deixa-o com suas contas e desaparece nas ruas empoeiradas de Dehafghanan, como uma sombra no crepúsculo, incerta e vazia.

Sim, vazia. Vazia de qualquer substância.

Não, Rassul, você não está vazio. Você está simplesmente livre. Livre de toda amarra, de toda responsabilidade. Livre porque Souphia não precisa mais de você. Assim como sua mãe e sua irmã.

Sim, é isso o vazio: quando ninguém precisa mais de nós, quando não tenho mais nada a dar. Que eu exista ou não, isso não muda nada para eles.

Exatamente. Sem você, o mundo não estará vazio, mas vazio de você. É tudo.

Não quero levar Souphia neste vazio.

Vamos, deixe-a!

Vou deixá-la. Mas antes devo dizer-lhe que *nana* Alia não existe mais, que eu a matei com minhas próprias mãos.

Ela irá saber, um dia ou outro. Nesta noite, ela está com Nazigol, que oferece a "hospitalidade" que tranquilizaria sua mãe. Há sem dúvida Amer Salam e seus convidados. O que é que você vai fazer?

Rassul para.

Nele, um soluço do qual não sabe como se desfazer. Busca um cigarro no bolso. Sua mão encosta na arma. Ela treme. Ela exala suas lágrimas. Ela chora sua morte.

Um corpo cai no chão. Rassul abre os olhos. Através da cortina de fumaça, discerne Jalal, vai até ele e o socorre. Nada a esperar, ele jaz, um fio de saliva escorre lentamente de sua boca.

— É um homem feliz — murmura *kâka* Sarwar, olhos fechados, corpo dobrado.

— Ele não se mexe mais — constata um jovem que se encontra ao lado de Rassul. *Kâka* Sarwar abre um olho, observa Jalal e prossegue:

— É um homem feliz. Nasceu na embriaguez, e morre na embriaguez.

— O que se pode fazer por ele?

— Nada — diz Mostapha resfolegando, distante, encolhido num canto da *sâqikhâna*, mãos enfiadas sob o assento.

— Morrer é a sua vontade. Agora que nossa vida depende dos outros, nos deixe o direito de morrer. Deixe-o tranquilo, jovem, não lhe torne a morte difícil — diz *kâka*

Sarwar, fechando os olhos e cantando a meia voz por entre sua barba: — *Vir e partir, não resta nenhum vestígio disso/ Ser e viver, não resta nenhum vestígio disso/ No fogo desta máquina infernal, os seres clarividentes/ Se consomem e caem em cinzas, sem nenhuma fumaça.*

Rassul se recolhe, encosta na parede e, olhar fixo em Jalal, observa mais uma vez a morte chegar. Uma morte doce, tranquila. Ela levará Jalal para longe deste inferno. Ela impedirá que ele morra de bala perdida ou com uma machadada. Uma morte sem sofrimento. Não haverá ninguém para acusar. Nenhum culpado. Não haverá nem crime, nem castigo.

Tira um cigarro e o acende, depois se levanta e deixa o fumadouro para voltar a seu quarto, que fervilha de moscas. Vai direto para a cama, esmaga na parede a bituca do cigarro e deita-se. Alguma coisa no bolso o incomoda. É o revólver. Coloca-o sobre o peito. O que fazer?, pergunta-se. O que fazer, repete no silêncio de sua garganta, depois tenta gritar na esperança de que essas palavras ressoem nos lábios, no quarto, ao pé da montanha, acima da cidade... No entanto, nenhum som, nenhuma resposta.

O que fazer, isso deve ser dito sem ponto de interrogação. Não é uma pergunta, mas um pensamento. Não, não é nem um pensamento, é um estado. Sim, é isso. Um estado de esgotamento, um estado no qual toda pergunta nos espanta, em vez de nos interrogar, nos chama, em vez de nos interpelar.

O que fazer.

Já conheci esse estado, já o vi, já até o senti nos olhos de um asno.

Era outono. Eu tinha onze anos.

Como todo ano, nessa estação eu acompanhava meu pai à caça, nas imediações de Jalalabad, onde meus avós possuíam um grande *qal'a* — uma fortaleza de argila. O país ainda não havia sido invadido pelos soviéticos, a guerra ainda não tinha começado, e meu pai ainda se dava bem com seus sogros que detestavam os comunistas.

Como de hábito, pegamos um asno para levar nossos apetrechos de caça e nos guiar nos vales e desertos sem referências. Após um longo caminho, chegamos a um imenso roseiral em torno de um grande lago. Um lugar ideal para caçar aves migratórias. Prendemos o animal na única árvore morta que se encontrava não distante do roseiral.

À beira do lago, arrumamos um abrigo para nos emboscarmos e aguardarmos as aves. Ainda era cedo. Enquanto esperava, meu pai tirou uma soneca.

O vento doce acariciava as rosas, fazendo-as assoviar. Sentia-se um ar harmonioso, tranquilo, dormente. Aos poucos, adormeci, por muito tempo. E, quando abri os olhos, o crepúsculo já havia engolido o campo numa bruma estranha, triste e inquietante.

Meu pai, muito excitado, espreitava o céu, dizendo que as aves migratórias não iriam demorar. Várias vezes verifiquei se a espingarda estava preparada.

Os minutos transcorriam, a noite caía, mas nenhum som, nenhum sinal no céu.

O silêncio.

O vazio.

De repente, o zurro do asno invadiu o campo; fraco, de início; depois, cada vez mais forte, apavorado, apavorante.

Meu pai me mandou ver o que estava acontecendo. Ralhou comigo para silenciar o animal, caso contrário as aves não pousariam. No limite da campina, fiquei aterrorizado ao ver dois lobos que grunhiam em torno do asno antes de atacá-lo. Preso numa emboscada, o asno não podia fazer nada além de zurrar.

Em pânico, corri para avisar meu pai. Espingarda à mão, ele correu furioso através dos roseirais. Em princípio, tentou afastar os lobos jogando pedras. Mas eles se voltaram contra nós. Seus olhos faiscavam, dando-lhes uma aparência aterradora. Mais aterrorizado que antes, escondi-me atrás de meu pai, que armou sua espingarda na direção deles. No momento em que se preparavam para nos atacar, um tiro ressoou, e um dos lobos caiu por terra, agonizante. O outro parou, mas meu pai o tinha sob a mira; a fera recuou, depois fugiu.

O asno continuava a zurrar.

Seria preciso deixar esse lugar o mais rápido possível antes que os outros lobos chegassem em bando. Enquanto meu pai voltou ao roseiral para buscar nossas coisas, precipitei-me para acalmar o asno, acariciando-o e desfazendo seu cabresto. Calou-se, enfim.

Arreando o animal, meu pai vigiava o céu e as redondezas, reclamando e maldizendo esse céu filho da puta!

Fomos embora.

A noite caía, a lua brilhava, o asno avançava, e nós atrás dele. De tempos em tempos, meu pai clareava o caminho com a ajuda de sua tocha. Escalamos uma colina; no topo, o asno se deteve. Meu pai golpeou seu lombo, mas o asno recusava-se a avançar. Olhava o caminho com incerteza. Meu pai deu-lhe outro golpe, mais forte, e, desta vez, o asno se pôs a caminho, lentamente. Eu tinha medo de que nos perdêssemos; meu pai me tranquilizou, o asno conhecia bem seu caminho, a aldeia não devia estar longe, talvez a uma hora de caminhada.

Quando descemos a colina, encontramos outro campo, depois outra colina. Ao chegarmos ao topo, o asno parou de novo. Contudo, os golpes forçaram-no a descer a encosta.

Ao pé da colina, diante de nós, abria-se ainda um campo imenso com uma árvore isolada em seu centro, na direção da qual se dirigiu o asno sem hesitar. Quando nos aproximamos, observamos, no claro-escuro, o cadáver de um animal, que um outro velava. Meu pai acendeu a tocha. Era o cadáver de um lobo. O segundo lobo levantou a cabeça. Espantados, nos imobilizamos. Meu pai carregou sua espingarda. O asno aproximava-se dos lobos, sem medo. O lobo avançou em sua direção, dando um gemido. No momento em que meu pai o tinha sob a mira, ele pôs-se em fuga.

O asno ladeou o cadáver e se deteve ao pé da árvore. A tocha, em princípio, iluminou o corpo do animal, depois a árvore, enfim as redondezas. Ambos ficamos a princípio surpresos, depois petrificados, por nos encontrarmos no mesmo lugar onde, havia pouco, meu pai tinha matado o lobo. Com uma voz trêmula, perguntei ao meu pai por que esse asno nos conduzira ao mesmo ponto. Ele não tinha a menor ideia. Furioso, caminhou até o asno. Golpeou seu dorso para que ele se mexesse. Mas o asno permanecia inerte. Olhar incrédulo. Meu pai pegou o cajado e, me passando a corda, me mandou puxar. Em vão. O animal decidiu não avançar mais. Eu via isso em seus olhos apagados. Eu o acariciei, supliquei-lhe. Nada. Meu pai, cada vez mais nervoso, me deu o cajado, pegou a corda de novo, e gritou para que batesse no asno, na cabeça, no dorso.

Mas eu não tinha coragem para isso. Meus golpes sem convicção exasperavam meu pai, que vociferava e me insultava. Sua voz e os uivos dos lobos se misturavam e ressoavam na planície. Em lágrimas, comecei a bater no asno com uma raiva impotente. Nada a fazer. Desanimado, esgotado, larguei tudo e explodi em soluços. Meu pai afrouxou a corda do asno e bateu com força na sua cabeça com a coronha da espingarda. O animal desabou. A partir daí, foi impossível fazê-lo se levantar. Tudo parecia vão: minhas lágrimas, os gritos dos lobos que se aproximavam cada vez mais, as ordens tempestuosas de meu pai, que pegou o cajado para enfiar sua ponta na carne do asno, jurando que, se não se mexesse, enfiaria o cano em seu cu e o explodiria. Mas o asno, sempre impassível, imóvel, permaneceu deitado. Meu pai, fora de si, levantou a espingarda para colocá-lo sob a mira. Sem nenhuma reação, o animal encarava meu pai.

Meus soluços estavam abafados. Apenas os uivos dos lobos quebravam o silêncio. Na mão de meu pai, a espingarda tremia. Fechei os olhos e ouvi apenas a detonação de uma bala, depois os gritos enlouquecidos das aves que voavam através dos campos de rosas. O sangue jorrou da fronte do animal. Seus olhos resignados se abriram um instante antes de se fecharem com doçura, como que aliviados. Depois, um silêncio absoluto. Mais nenhum barulho de ave nem uivo de lobo. Tudo parecia paralisado sob a tela negra da noite.

Uma vez apaziguada sua cólera e tendo se acalmado, meu pai introduziu apressadamente uma bala na espingarda; com nossas coisas nas suas costas, pôs-se a caminho e me ordenou:

— Rassul! Venha, mexa-se! Rassul?

Essa estranha história, que Rassul batizou de *Nayestan* — O campo de rosas —, volta sempre em sua cabeça. Vive nele, silenciosamente, religiosamente. Seu pai também a contava não importa onde, não importa quando, não importa a quem. E, a cada vez, ele pedia a Rassul para rememorar os detalhes que esquecia. Na verdade, era para tê-lo como testemunha da veracidade dessa aventura inacreditável. Mas Rassul evitava jogar o jogo. Com frequência, ocorria-lhe de deixar o lugar assim que seu pai começava a narrativa. Não que estivesse cheio dela. Não. Queria que essa história permanecesse um segredo entre seu pai e ele. Por quê? Não tinha a menor ideia. E nunca teve a resposta. No entanto, com frequência conta-a para si mesmo do começo ao fim. E, a cada vez, acrescenta um detalhe, tira um outro. De tempos em tempos, detém-se longamente sobre um momento ou uma imagem correspondentes a seu estado de alma. É por isso que jamais quis escrevê-la, fixá-la no papel. Se a escrevesse, seria sem falhas, sem detalhes, morta. De resto, não sabe mais distinguir o que seu pai acrescentou e o que introduziu, o que é verdadeiro e o que é falso, o que vem de suas lembranças e o que pertence a seus sonhos... Pouco importa. O que é estranho nesse momento é que ele pensa no olhar do asno. O que ele escondia sob esse olhar estúpido?

Tudo. Esse olhar perdido, inocente, incrédulo o interpelava: "Mas por que me perdi? Por que não encontro mais meu caminho? Onde está a estrada? Este não é o caminho que eu tomava habitualmente? O que está acontecendo? Por que não o reconheço mais? Por que esse caminho é estranho para mim? É por causa da noite? Ou talvez seja o medo? Ou a fadiga? Ou a dúvida?" Por não encontrarem respostas, esses questionamentos se transformaram em espanto. Ao diabo com as causas. O asno estava lá, perdido. E sabia que ele jamais reencontraria o caminho. Então só lhe restava queixar-se: "O que fazer", sem ponto de interrogação.

O quer fazer. Rassul levanta-se. O revólver cai de seu peito encharcado de suor. Seu coração bate loucamente, como se fosse explodir, bate do lado de fora, junto da arma.

Trêmula, sua mão pega o revólver, aponta-o para a raiz de seu nariz, entre os olhos. Seu dedo aperta o gatilho. A bala não está engatilhada, sabe disso; quer simplesmente se deixar levar, saber se é fácil meter uma bala na testa.

Sim, é mesmo muito fácil. Basta fechar os olhos.

Fecha os olhos.

Não pensar mais. Não pensar em mais nada. Nem em ninguém. Mesmo em seu inimigo, em seu ódio, em sua derrota.

Não pensa mais.

Concentrar-se no revólver. Sua alma é a bala; seu corpo, o gatilho. O restante é o gesto, simples como um jogo. É isso, simples como um jogo. Um jogo sem competição. Sem adversário. É preciso acreditar de muita boa-fé no jogo, em seu próprio jogo. E pensar somente no gesto. Em nada mais. Nem na verdade do jogo, nem em sua vaidade.

Tudo o que há a fazer é executá-lo bem, respeitar suas regras. E não trapacear.

Agora é preciso carregar a bala, colocar o revólver entre os olhos.

O revólver é pesado.

É sua mão que fraqueja.

Ele tem sede.

Também não é preciso pensar na água. Dizer que é um jogo e, quando tiver acabado, levantar-se e beber água.

Os olhos se fecham.

Dispara.

Você morre, portanto?

Sim, morro. Morro com um buraco no meio dos olhos, de onde jorra um filete de sangue que escorre sobre o colchão, depois sobre o *kilim*, para acabar em um buraco no chão, onde forma uma poça vermelha. O tiro ressoou no quarto, no pátio, depois na cidade. Deve ter acordado Yarmohamad. Acha que alguém disparou na rua, diante de sua casa. Ele volta para a cama. Rona, inquieta, insiste para que ele verifique se o tiro não foi em casa, em mim. Yarmohamad está pouco se lixando. "Enfim me livrei dele", resmunga, enrolando-se mais um pouco no lençol.

Ao amanhecer, depois de suas orações, virá silenciosamente atrás da porta de meu quarto.

Por que virá?

De fato, por que virá? Ele não virá. Meu cadáver ficará aqui. Apodrecerá. Todas as moscas irão me recobrir. E, ao final de dois ou três dias, será o fedor que trará Yarmohamad. Em princípio, só perceberá o silêncio.

Baterá uma vez. Sem resposta. Empurrará a porta, que se abrirá sozinha com um barulho seco. Ao descobrir meu cadáver ensanguentado, entrará em pânico. Enlouquecido com a ideia de que o acusarão pela morte de seu locatário. Vendo o revólver na mão, compreenderá que me suicidei. Correrá para prevenir Razmodin.

E depois?

Nada. Compreenderão que meu suicídio é meu último suspiro diante deste mundo que não me responde mais, que não me surpreende mais.

Mas, Rassul, quem pode admitir que você cometeu um tal ato? Ninguém. Nem Yarmohamad nem Razmodin. Você sabe muito bem que o suicídio não pertence a sua cultura. E você sabe por quê.

Em princípio, para suicidar-se, é necessário acreditar na vida, em seu valor. É necessário que a morte mereça a vida. Hoje, neste país, a vida não tem nenhum valor e, em consequência, o suicídio também não.

Além disso, o suicídio é considerado uma rebelião ingrata contra a vontade de Alá. É para dizer-lhe: "Veja, eu a devolvo antes que você a peça de volta, essa alma suja que você introduziu em meu corpo inocente!" É prová-lhe que tem mais poder do que ele, que não aceita ser seu escravo, seu *banda*. O suicídio é devolver a alma, sem gratidão.

Seu cadáver, antes de ser enterrado, receberá chibatadas. É a razão pela qual ninguém admite o suicídio. Todo suicídio está disfarçado de assassinato. Você será somente uma vítima, uma *shahid*, um mártir entre tantos outros. Você, que queria tornar-se o "sobre-humano".

Ser *shahid*? Ah, não! Hoje esse é o credo de todo mundo. É sem valor. É preciso que o mundo inteiro saiba que me suicidei.

Então vá para uma esquina, faça um discurso e meta uma bala na cabeça, diante de testemunhas. Assim todo mundo saberá. Mas, mesmo aí, ninguém compreenderá a carga teórica de seu ato. Cada um dará sua versão. Um dirá: "Ele estava doente"; o outro: "Ele fumava muito haxixe"; um terceiro: "É o remorso. Comportou-se mal com sua família!"; ou: "Lamentava ter sido um colaborador, um comunista, um traidor!"; e, se descobrirem um dia que foi você o assassino de *nana* Alia, dirão que foi sua má consciência que o levou a esse ato. Sim, ninguém dirá que você se suicidou porque chegara ao limite, que suas perguntas não tinham mais ponto de interrogação, que todo o seu questionamento não era mais que um espanto diante do absurdo repentino da vida. Ninguém dirá que você matou uma criatura nefasta, um *animal repugnante*, de modo a atingir o nível dos "grandes homens" e ocupar seu lugar na História. De resto, não esqueça que hoje, aqui, neste país, todo mundo quer atingir esse nível. Todo mundo luta para tornar-se *ghazi* — se mata —, *shahid* — se é morto. Seus parentes farão de você um *ghazi*, porque você assassinou uma cafetina, e um *shahid*, porque sua família o assassinou para vingar-se. Sobre sua lápide estará escrito: "*Shahid* Rassul, filho de Ibrahim", quer queira, quer não.

Não. Não quero isso.

Então abaixe o revólver.

Então não tenho sequer a liberdade de me suicidar?

Não.

Deus, como dizia Dostoiévski, existe, na verdade, para que o homem não se suicide?

Pronto, recomeçou! Não, Rassul, ele pensava em outra coisa. Teu Alá admite o suicídio somente como testemunho de sua existência e de sua grandeza. Além disso, todo suicídio lhe rouba o nome de *Al-moumît*, aquele que dá a morte.

A arma escorrega de suas mãos.

Acabou, portanto. Ele não se suicidará, não pode. O suicídio pede apenas uma coisa: o gesto, e nada mais. Sem pensamentos, sem palavras, sem remorsos, sem esperanças, sem desespero...

A aurora, mais audaciosa que Rassul, invade o céu e recolhe os astros um por um.

E o sono, mais invasivo que a aurora, se apossa do corpo devastado de Rassul.

Um sussuro, doce e gracioso, ondeia no quarto, bem perto dele. Através de suas pálpebras entreabertas, uma imagem delicada se desenha: o rosto etéreo de uma jovem de olhos redondos. Ela cochicha:

— Rassul? — É um belo sonho. — Rassul! — a voz se inquieta, ressoa mais forte e obriga Rassul a abrir bem os olhos. — Você está bem?

Souphia? Desde quando está aí? Que horas são? Entorpecido, Rassul mira seu despertador russo que não funciona mais — e isso há muito tempo, olha-o por costume, por "absurdo crônico", como diz.

Ergue-se e vira-se na direção da janela. O céu ainda está enfumaçado, tomado pelas cinzas. O sol não sabe mais por onde passar. Não passará. Ele espera que a Terra gire.

— O que está acontecendo? — pergunta-lhe Souphia, encarando-o sempre com inquietação. A mão de Rassul pega o revólver, levanta-o. — Desde quando você carrega uma arma? — ela interroga com desconfiança. Ele coloca o revólver no chão para pegar um cigarro que acende, dá a impressão de não ter vontade de lhe responder, para dissimular sua afonia, ainda que isso seja digno de dar dó. — Minha mãe me falou de teu pai, que ele esteja com Deus. Mas por que não disse nada? Por que não foi ao enterro? — E toma as mãos de Rassul — agora compreendo sua tristeza, seu silêncio... — Não, Souphia, você não compreende nada. Você faz perguntas, então você sabe que a morte de seu pai não tem nenhuma importância para ele. Fazia muito tempo que não tinham nenhuma relação. Nem pai, nem filho. Havia lhe falado disso. Está inquieto apenas por sua mãe e sua irmã. Deve salvá-las. Mas isso também é outra história. Rassul só pensa em uma coisa: Onde você estava naquela noite? Escruta seu olhar. Escuta seu silêncio.

— Rassul, retomei meu trabalho na casa de *nana* Alia. — Isso ele já sabe. — Juro que o amo, mas sou obrigada a trabalhar. E, se não trabalho, quem o fará por nós? Minha mãe? Meu irmão? Você conhece nossa vida. Juro, quando Nazigol veio em casa ontem à noite, minha mãe lançou-se a seus pés para que ela a levasse em meu lugar. Ela não quis. Não a querem mais.

Não a querem mais?

Quem não quer?

Souphia abafa um soluço e prossegue:

— Da última vez que você me disse que eu não deveria trabalhar lá porque as pessoas iriam comentar, não fui. O que é que aconteceu? Uma semana de fome, uma semana de miséria. Nessa semana, quem se preocupou conosco? — Ela se derrama em lágrimas. — Também não se pode esperar nada de você. Além disso, agora você tem o fardo de sua mãe e de sua irmã. Você também precisa de ajuda. Então, compreenda-me. Sei que é difícil para você aceitar, mas, diga-me, Rassul, eu tenho outra escolha? — Não, ela não tem outra escolha. E você, Rassul, como ela disse, não tem mais nada a lhe dar. Você está vazio. Você não é nada. Incapaz de se suicidar, incapaz de se salvar, de proteger tua mãe e tua irmã; então você ainda tem menos o quer fazer com Souphia e sua família. Você não tem vergonha de tua incapacidade, de tua inércia, mas sente-se desonrado, humilhado por aquilo que Souphia faz. Ela é mais inocente, mais pura, mais digna do que você. Lance-se a seus pés e diga em voz alta: *"Não é diante de você que me inclino; é diante de todo o sofrimento humano que me inclino."* Vá embora!

Ele treme.

Vejamos, você não é capaz nem de dizer a frase mais magnífica de teu herói Raskólnikov, enquanto não para de fingir sua audácia. Que miserável!

Suas mãos juntam-se, apertam-se uma contra a outra, como para rezar. Sua cabeça afunda-se nos ombros. Ele se contorce. Ele se dá conta de que a dignidade não é nem uma ridícula honra viril nem um absurdo moral tribal, que ela está simplesmente na vontade de um ser quando assume sua fraqueza, e faz com que seja respeitada, que...

— De onde vem esse dinheiro? — pergunta Souphia, estendendo-lhe o maço de notas que ele deu a Daoud.

Agora, Rassul, você deve escrever. Você não pode se calar, deixar Souphia na incerteza. Ela acabará por acreditar que é o dinheiro que roubou de *nana* Alia, sem dúvida. Nazigol e ela devem ter observado que você se comportava de maneira estranha no outro dia, que despertava suspeitas.

Sim, vou escrever-lhe tudo. Esse dinheiro vem da venda de Donia, minha irmã, a um comandante, por minha mãe. É o preço de minha covardia!

Cada vez mais nervoso, levanta-se para buscar lápis e papel. Souphia o segue com seu olhar curioso:

— Esse dinheiro, você precisa dele para sua mãe e sua irmã... — Rassul encontra o caderno de Souphia. — Eu o amo, Rassul, mas não posso viver com você. Ou, melhor, você não pode viver comigo — ela diz, levantando-se para pegar seu *tchadari* e partir. Mas, antes que ultrapasse a porta, Rassul a detém e lhe estende seu caderno. — O que é isso? É... — ela hesita — é meu caderno? — Sim. — Meu caderno! — exclama com um sorriso tímido, repleto de lembranças. Rassul faz sinal para que o abra. Ela o abre. Ele se precipita e lhe indica a última página, que ela lê, relê, murmurando; depois repete em voz alta:

— *Hoje eu matei* nana *Alia* — levanta a cabeça, sem estar segura de ter compreendido. Aproxima-se de Rassul —

O que isso quer dizer? — Ele aponta com o dedo a frase seguinte, *"Eu a matei por você, Souphia"*, que ela lê. Depois a sequência: *"Souphia, eu jamais a beijei. Você sabe por quê?..."* Ela fecha o caderno, baixa os olhos como para buscar em outra parte que não nos lábios de Rassul o sentido das palavras. — É um poema? — ela pergunta com candura. Não, eu matei, tem dificuldade para esboçar o gesto, em vão. Olha-a diretamente nos olhos, com raiva, uma raiva surda diante de sua incapacidade de dizer tudo. — Pare de me olhar assim! Você me dá medo. Diga-me o que é isso? — Vá, Rassul, escreva que você perdeu a voz. — Por que você não diz nada? Você de fato decidiu que não irá mais falar?

Desconcertado, faz que "sim" e volta para a cama. Sua mão hesita em pegar o lápis e escrever. Algo o impede. Algo de cínico. Ignora de onde vem esse ressentimento. Provavelmente do fato de que seu silêncio irrita todo mundo, sobretudo as pessoas mais próximas. Entretanto, gostaria muito de contar a Souphia, nos menores detalhes, como lhe ocorreu a ideia de assassinar *nana* Alia. Foi no dia em que brigaram, há uma semana. Logo depois, ele foi ao salão de chá. Ouviu dois milicianos falarem de *nana* Alia, dessa puta suja que não era apenas usurária. Ela empregava as moças dizendo que era para fazer arrumação, mas, na verdade, jogava-as nos braços dos clientes. Então compreendeu por que ela queria que Souphia trabalhasse a noite toda, até tarde. Ele não suportou. Sim, foi nesse dia que teve a ideia. No dia seguinte...

— Não, você não pode... — ela murmura. — Você não pode matar — repete, como se já tivesse entendido toda a narrativa de Rassul. Ela não acredita nisso, não acreditará jamais. Tudo o que ele puder dizer, ou, melhor, escrever, serão apenas balelas.

Sim, tua história não é mais do que um ridículo pastiche de *Crime e castigo*, que você lhe contou cem vezes, e nada mais.

Abatido, olha para Souphia com desespero, adoraria lhe perguntar por que não acredita nele.

Mas como acreditar?

Ele não tem nenhuma prova. Ninguém fala disso. Ninguém viu o cadáver de *nana* Alia, caso contrário Souphia teria entendido.

Justamente, é preciso que ela me ajude a solucionar esse mistério.

É um mistério para você, mas não para ela. Para ela, esse assassinato não tem importância.

Pensativa e preocupada, aproxima-se dele.

— Rassul, diga-me alguma coisa, uma palavra! Eu suplico. — O que é que ela quer entender? Não há mais nada a dizer. — Você de fato a matou? — Sim. — E você de fato a matou por mim?

Ele ajoelha-se sobre o colchão e esconde o rosto entre os joelhos. Souphia inclina-se em sua direção e acaricia-lhe os cabelos.

— Oh, Rassul, você me ama a esse ponto?

Sim, ele te ama.

Ela estreita sua cabeça em seus braços. Tem vontade de chorar.

Ela pode viver com um assassino?

Como saber? Ela também não diz nada.

Sim, ao manter o silêncio, ela diz muitas coisas. Ela diz que, nesses últimos tempos na casa de *nana* Alia, só encontra ladrões, criminosos, assassinos, ao lado dos quais Rassul é apenas uma formiga inocente. Um nada.

Um nada! Ele repete, enrodilhando-se ainda mais nos braços de Souphia. E espera.

Espera que Souphia lhe ordene: *"Vá imediatamente, neste minuto, coloque-se em uma esquina, incline-se, beije antes a terra que você sujou e, depois, incline-se diante do mundo inteiro, nas quatro direções, e diga em voz alta: 'Eu matei!'"*

Seria bom ouvir isso. Mas, Rassul, não esqueça que ela não é Sonia, a bem amada de Raskólnikov. Souphia é de um outro mundo. Ela sabe que, se você fizer esse gesto, nesta cidade, será tomado por louco.

— Venha, vamos! — diz ela soltando-se de Rassul e, com um impulso decidido, precipita-se sobre seu *tchadari* e o veste. — Vamos ao mausoléu de Shahé do Shamshiray Wali. — Mas... Por quê? — Vamos, nós dois, para rezar. Reencontre a fé em Alá! Faça o *tobah*! Diga-lhe que você matou em seu nome, Ele te perdoará. Há tantos que mataram em seu nome; você é apenas mais um entre eles.

Mas eu não matei em nome de Alá. E não preciso que Alá me perdoe.

Então, o que você quer?

Que ela volte para mim!

Então vá com ela, siga-a!

Ele a segue.

Envolta em seu *tchadari* azul-claro, ela está dois passos à sua frente. Atravessam a grande rua que leva ao mausoléu de Shahé do Shamshiray Wali, à margem do rio de Cabul. A cidade respira o tempo todo o ar sofrido da guerra.

Em meio aos peregrinos, entram no pátio do mausoléu. Diante da entrada do túmulo, Souphia tira os sapatos e os enfileira ao lado dos outros, sob os olhos de um homem de pele trigueira que faz a guarda. Rassul fica do lado de fora. Busca a sombra ao lado da *árvore das promessas*, cujos galhos são ornados com centenas de pedacinhos de tecidos coloridos. Uma velha endireita-se com muita dificuldade para amarrar aí uma fita verde. A seus pés, sentado, um velho observa os pombos que se arrastam no meio dos grãos sem nenhuma vontade de ciscar.

Após conseguir amarrar sua fita, a mulher se senta, triunfante, ao lado do velho.

— Meu filho virá até mim, tenho certeza! — O velho não a escuta, está ocupado com os pombos. — Não dê trigo a eles — diz a velha em um tom carregado de recriminação.

— Só comem trigo. As pessoas não compreendem, trazem milho para eles. Olhe! — exclama o velho lançando um punhado de trigo aos pombos, que se precipitam desde cima. — Vê?

— É pecado!

— Por que pecado?

— Dar trigo é um pecado.

— De onde tirou isso?

— Do Corão.

— Ah, é?

— Sim, foi por causa do trigo que *Hazraté* Adam e *Bibi* Hawâ foram expulsos do paraíso.

— Você irá me mostrar os versículos que falam disso.

— Eu falei, é pecado.

— O pecado é meu ou é deles?

— É teu pecado, é você que está dando trigo.

— Estou pouco ligando. É só não comerem. Eles também têm livre arbítrio. — Fica aborrecido e se volta para Rassul: — Pouco importa o pecado quando se tem fome! Não é verdade? — Inclina-se em sua direção: — Entre nós, se *Hazraté* Adam e *Bibi* Hawâ não tivessem fome, teriam comido a fruta proibida? Não.

— Não diga isso! Não peque, não peque... — insiste a velha.

— Por que fica aí partilhando meu pecado? Você queria fazer tua promessa, você fez. Teu filho voltará para você. Então por que fica aqui? Volte para casa.

A mulher não se mexe.

— O trigo engorda. No final das contas, um pombo gordo vale mais do que um pombo magro. Sabe por quê? — o velho pergunta a Rassul; em seguida, depois de uma pausa, não tanto para esperar a resposta quanto para sublinhar o que vai dizer: — Não, não sabe... — Ele observa Rassul. — Você é de Cabul? — Sim. — Você não é daqui, senão teria me compreendido. — Tira mais um punhado de trigo do bolso e estende o braço para que os pombos comam em sua mão. — Venham, venham; venham por aqui; venham para engordar — e pergunta a Rassul: — Vem sempre a este *zyarat*? — Não. — Tem razão. Já eu, venho todos os dias. Mas não para rezar ou fazer promessas. Longe de mim. Não procuro Alá nos túmulos! Ele está aqui — e bate em seu peito — em meu coração! — Aproxima-se de Rassul para se fazer ouvir: — Você sabe, os comunistas se obstinaram durante dez anos para desviar este povo de Alá; não foram bem-sucedidos. Já os muçulmanos, em um ano, conseguiram fazê-lo — e ri. Um riso malicioso, silencioso. — Veja, todos esses barbudos que, durante o dia todo, rezam e lamentam sobre o túmulo de Shahé do Shamshiray Wali, durante a noite fazem aquilo que os ímpios fizeram a esse Santo. Conhece a história desse santo? — Uma nova pausa, para sublinhar o que vai dizer: — Não, não sabe. Vou lhe dizer: ele era parente de um tio do Profeta. É seu santo túmulo. Leys Ben Gheys, o rei dos dois sabres! Morreu aqui em martírio. Veio converter nosso país ao islã e foi morto. Quando lutava contra os infiéis, cortaram-lhe a cabeça; mas esse Santo, com uma espada em cada mão, continuou a lutar. — Ele para e aprecia essa epopeia no olhar de Rassul. Desconcertado pela impassibilidade deste último, aproxima-se mais, baixa a voz como para lhe revelar um segredo e impressioná-lo: — Hoje, os mesmos que rezam aqui durante o dia organizam, de noite, as cerimônias que chamam de a *dança dos mortos*, você sabe o que é a *dança dos mortos*? — para, olha Rassul e insiste: — Não, não sabe. Vou lhe dizer: cortam a cabeça de alguém e aspergem a chaga com óleo fervente. O pobre corpo sem cabeça agita-se, saltita. Chamam isso de a *dança dos mortos*. Já tinha ouvido falar disso? Não, você não sabia! — Mas sim, meu velho, Rassul não ouviu apenas essa história, ele ouviu outras, ainda piores.

Desesperado, o olhar do homem se perde nos grãos de trigo que segura em sua mão trêmula. Brotam palavras de seus lábios exangues:

— Sabe... por que fazem isso? — Não, faz Rassul, interrogando o homem com o olhar, ironicamente, como para demonstrar superioridade: — Mas você vai me dizer. — O homem busca as palavras, depois continua: — Eles não têm medo de Alá? — Sim. E é por isso que o fazem.

— Você é capaz de cometer uma tal atrocidade? — Sim. O gesto de Rassul surpreende o homem. — Você é capaz? Você não tem medo de Alá? — Não.

A mão do velho agita-se. Os grãos de trigo caem no chão. — *Lâhawlobellah...* Você não tem medo de Alá! — e recita novamente sua profissão de fé. — Você é muçulmano? — Sim.

O homem mergulha em seus pensamentos e sai deles alguns segundos mais tarde, ainda mais desesperado: — De fato, após tudo o que acabei de lhe contar, de quem é preciso ter medo? Do homem ou de Alá? — E se cala.

Surpreso com o tempo que Souphia consagra a suas preces, Rassul deixa o velho com suas dúvidas e levanta-se para, lentamente, dirigir-se ao túmulo. Da porta, dá uma olhada no interior. Algumas mulheres gemem, agarram-se às grades que circundam o túmulo. Outras, sentadas, oram em silêncio. Souphia não está lá. Ele retorna para perto do guarda, procura seus sapatos, que tem dificuldade de encontrar.

Olha de novo lá dentro. Nenhum sinal dela. Nada também do lado de fora.

O que aconteceu? Esse coração, que se abrira de novo, por que se fechou tão rápido? Ela o trouxe aqui apenas para distanciar-se dele, para lhe dar seu adeus, sem uma palavra?

Adeus, Souphia!

E aspira uma grande baforada de haxixe, que guarda em seus pulmões o maior tempo possível.

Adeus, Souphia! Você partiu com o único segredo que eu tinha dentro de mim.

Adeus!

Mais duas, três baforadas, depois ele deixa a *sâqikhâna*.

Não voltarei mais. Vou trancar-me em meu quarto, sombrio como um túmulo, sem dimensão, nem saída. Não comerei mais. Não beberei mais. Não deixarei mais minha cama. Deixar-me-ei levar por um sono sem fim; sem imagens, nem pensamentos. E isso até que eu não seja mais nada. Um nada na vida, uma sombra no abismo, um cadáver imortal.

Ao chegar ao pátio, encontra Daoud sentando em um degrau da escada.

— Bom dia, Rassul. Minha mãe me mandou procurá-lo. Souphia não está bem. Trancou-se em seu quarto e não quer ver mais ninguém.

Foi ela que caiu em meu abismo.

Ele desce a escada rapidamente, atravessa o pátio a passos largos, corre ao longo das ruas... Sem fôlego, chega à casa de Souphia.

— Ela chora. Não diz nada. Trancou-se... — diz a mãe. Ela bate na porta. — Souphia! Rassul *djân* veio! — Um longo silêncio, depois o barulho de uma chave na fechadura. A mãe abre a porta, deixa que Rassul entre na frente.

Souphia volta-se para a cama, senta-se, toda recurvada, a cabeça apoiada contra os joelhos. O silêncio é opressor, a mãe sente que constrange o casal. Sai, lançando um último olhar para Rassul, um olhar opressor. Será que Souphia lhe disse tudo?

Não, é impossível. Ela guarda meu segredo. Guarda-o não apenas para me proteger, mas também para que sua mãe não sofra. Não quer partilhar meu abismo com mais ninguém. Mas não é preciso que mergulhe nele, que sofra por ele. Vou tirá-la desse abismo.

Ele se ajoelha junto dela e, após uma breve hesitação, acaricia timidamente sua mão.

Não tenha medo, Souphia. Não sou um criminoso como os outros... Sou...

— Expulsaram-me do mausoléu! — diz com um ar de além-túmulo. Contrariado, ele solta sua mão. — Estava lá uma vizinha de *nana* Alia. Quando me viu, foi ver o guarda, que me pôs para fora...

— Por que... — A palavra faz os lábios de Rassul tremerem; ela sai como um sopro, um sopro silencioso, sem ponto de interrogação, tal um grito surdo de desespero. A partir de agora, ele não deverá mais ficar surpreso ao ver as pessoas desdenharem Souphia como prostituta.

Ela chora.

Rassul sente-se desfalecer.

— Fui embora discretamente, sem preveni-lo. Não queria que você fizesse um escândalo — diz, como se Rassul fosse capaz disso.

Não, Souphia. Rassul mudou. Olhe-o. Ele está perdido, aprisionado em sua raiva digna de dó.

Não, por mais baixo que tenha caído, tem ainda sua dignidade.

Então, mexa-se, Rassul, mexa-se!

Levanta-se com violência e deixa o quarto. No terraço, junto da janela, encontra a mãe de Souphia, que, quando o vê, vira o rosto para esconder as lágrimas.

Nenhuma sombra na rua. O sol atravessa a fumaça, bate nas cabeças com a onipotência do meio-dia.

Rassul avança, cabeça baixa. Chega em casa sem saber como. O quarto cheira horrivelmente mal, é o queijo.

Não tem vontade alguma de jogá-lo fora. Pega o revólver, que continua a jazer no chão. Verifica o carregador. Continua cheio. Coloca-o no bolso e deixa o quarto.

Aonde vai?

A parte alguma. Caminha. Vai aonde o revólver o conduz.

Então, que não pense em mais nada!

Ele não pensa, ignora tudo.

Vê apenas seu caminho,

segue apenas sua sombra esmagada a seus pés,

não olha nenhum rosto,

não ouve nenhum barulho,

não escuta nenhum grito,

Não recebe nenhuma risada.

Ele caminha.

Conta seus passos.

E agora pare aqui, diante do mausoléu de Shahé do Shamshiray Wali!

Tudo está calmo. Não há mais nenhum peregrino ou mendigo. Rassul entra no pátio, aproxima-se do túmulo. O perfume de água de rosas encobre o odor dos pombos e do enxofre das armas. O guarda está de cócoras sobre um banco à sombra da *árvore das promessas*. Uma mão sob o queixo, a outra sobre o peito. Tem a inocência de uma criança adormecida. Sua barba, pimenta e sal, tremula de tempos em tempos, como a de uma cabra antes do sacrifício. Rassul aproxima-se dele. Tira o revólver, avança mais um pouco e põe o guarda sob sua mira. Seu dedo crispa-se no gatilho. Sua mão treme. Ele hesita.

Matar alguém dormindo é a covardia absoluta. Além disso, a morte será muito simples para ele. Sem sofrimento algum. Ele não deve morrer na ignorância de seu ato e na inocência de seu sono.

Que desperte, que saiba por que o mato. Que sofra por isso!

Sofrerá, sem dúvida, e isso por alguns instantes; mas levará consigo a razão de sua morte. E ninguém poderá dizer que esse guarda foi executado porque expulsou Souphia do mausoléu, porque vetou a casa de Alá a uma "mulher pública" que veio fazer suas preces, implorar o perdão por seu noivo... De novo, Rassul, você irá cometer um assassinato sem nenhuma consequência. Mais um golpe falho.

O sol insinua-se por entre os galhos e as folhas da *árvore das promessas*, salpicando de manchas o corpo do guarda, os pés, as pernas, os cabelos de Rassul e o Colt que treme em suas mãos... Molhado de suor, esmagado pela dúvida, Rassul acaba por ficar de cócoras diante do guarda e, depois de alguns instantes de inércia total, tira um cigarro. Nenhum dos barulhos que seus gestos produzem tira o sono do velho. Ele ouve mal? Ou é Rassul que não existe?

Ele recua, mas, subitamente, um barulho sutil atrás dele o petrifica no lugar. Volta-se bruscamente. É um gato.

Um gato no mausoléu? Uma presença estranha para Rassul, que o observa aproximar-se, roçar seu pé com sua cauda erguida e deslizar silenciosamente na sombra do guarda, que desperta docemente. Rassul se sobressalta. Joga fora seu cigarro e encara-o de novo, pálpebras abrindo e fechando. O olhar dormente do guarda não exprime nenhum pavor. Nem sequer se mexe. Talvez acredite que esteja sonhando. Rassul aproxima-se, ordena-lhe que se levante. Mas o homem passa a mão languidamente sobre o tapete que cobre o banco e tira de lá uma tigela cheia de dinheiro, que lhe estende.

O homem não entendeu nada. Não sou um ladrão. Estou aqui para matá-lo.

Avança em sua direção, mexe os lábios com palavras surdas. "E você sabe por que te mato?"

Não, Rassul, ele não sabe, e não saberá jamais.

A mão de Rassul treme de fúria.

O guarda continua sem reagir. Permanece impávido. Depois coloca a tigela de volta em seu lugar, sorri e fecha os olhos aguardando o disparo. Rassul o pressiona com o cano da arma. O homem, lentamente, abre os olhos de novo. Sempre impassível, ainda que agora o revólver esteja apontado para sua fronte. Seu olhar, parecido com o olhar do asno de *Nayestan*, diz a Rassul: "O que é que está esperando? Atire! Se não for você, será um míssil que irá me matar um dia. Prefiro morrer em tuas mãos, por ter preservado a pureza e a glória dos lugares santos. Morrerei em *shahid*."

Uma mulher dissimulada sob um *tchadari* azul-claro entra no pátio. Vendo Rassul com o revólver na testa do guarda, recua e foge.

Ele ainda não ousa atirar.

Não, não quero que esse homem acabe como mártir.

Joga a arma.

E vai embora.

— Vá embora! Não há mais nada aqui — grita uma voz cavernosa. Mas Rassul insiste batendo na porta da *sâqikhâna*, que se abre cautelosamente. — É você, Rassul? Mas é preciso dizer! — exclama Hakim.

— Qual deles, o santo ou o fumador de haxixe? — pergunta, como de hábito, *kâka* Sarwar, cuja voz escapa com o aroma e a fumaça do haxixe.

Rassul entra e pega um lugar entre os homens sentados em círculo, sempre os mesmos, sempre observando um silêncio solene, olhar pregado na barba de *kâka* Sarwar, que fuma avidamente. Rassul procura Jalal. Ele não está mais lá para perguntar se a guerra começou. É Mostapha que o interroga, perturbando a languidez do círculo. Os pedidos de silêncio se multiplicam. Novamente o silêncio, sempre solene, diante de *kâka* Sarwar. Todos esperam que ele passe o cachimbo e prossiga sua narrativa interrompida pela chegada de Rassul.

— Devo contar tudo de novo?

— Não, continue! — As vozes elevam-se em coro.

— Mas esse jovem não ouviu nada!

— A gente conta o início.

— Está bem — e passa o cachimbo aos outros. — Onde eu estava? Perdi o fio da narrativa...

— Você estava em uma aldeia.

— Ah, sim. E que aldeia! Com casas de madeira esculpida, sem janelas, sem portas e sem muralhas. Eu ouvia vozes, mas não via ninguém. As casas estavam vazias. Ou, antes, a obscuridade me impedia de distinguir alguém ou alguma coisa. Havia apenas vozes, nada além de vozes, orquestrais, harmoniosas, tranquilas. Elas vinham de uma caverna, metade em ruínas, que se encontrava na saída da aldeia, ao pé de uma colina árida, rude, pedregosa. Todos os aldeões estavam lá. Dançando e em transe. Homens e mulheres. Jovens, velhos, crianças. Os homens tinham folhas de parreira na cabeça; as mulheres, um *shushut*, enfeitado com cauris e pérolas vermelhas. A todos eram distribuídas bebidas.

— Não eram *karfis*?

— Não tenho ideia. Todos bebiam. Todos cantavam. Minha presença não os perturbava. Como se eu não existisse. Até me serviram a bebida, sem perguntarem nada. A princípio, um líquido amarelo flamejante que chamavam de "a serra de pedra"; depois, vermelho fogo, "a lima de pedra". Um era ácido, o outro amargo. — Interrompe de novo para fumar. — Nessa noite eu bebi! E ninguém se preocupava em saber por que eu estava lá. Depois de ter identificado o chefe deles, que era uma mulher, fui vê-la. Mal lhe disse bom dia, ela me cumprimentou e me disse: "Você está perdido, jovem?" Timidamente lhe respondi que sim. Com um sorriso acolhedor, ela me desejou uma boa acolhida no vale das Palavras Perdidas. Perguntou-me aonde ia, de onde vinha. Após ter lhe contado tudo, ela balançou a cabeça, me ofereceu um último copo de "lima de pedra" e chamou um velho para que me acompanhasse até a aldeia vizinha. O velho me deu um lampião e nos pusemos a caminho. Andava rápido e com passo seguro. Eu corria para iluminar o caminho à sua frente, mas ele me disse para guardar o lampião, pois não precisava dele. Esbaforido, perguntei-lhe como era ter uma mulher como chefe. Continuando a caminhar, contou-me uma história inacreditável, que contarei a vocês amanhã.

— Ah, não! — protestam todos. *Kâka* Sarwar volta-se para Hakim:

— Mas tenho fome.

— Vamos comprar *kabâb* e chá. Quem tem dinheiro?

Ninguém se mexe, a não ser Rassul, que tira de seu bolso uma nota de alto valor e a estende a Hakim.

— Você não ficará arruinado nunca! — lhe diz *kâka* Sarwar. — Então vou lhe contar a sequência. Mas, antes, o cachimbo! — Entregam-no a ele; fuma e passa a Rassul. — Essa mulher, chefe da aldeia, era descendente de um grande sábio entre os sábios, que vivia em um reino distante, em uma época distante. Ele era cego, mas capaz de ler os manuscritos apenas acariciando as letras com as pontas dos dedos. A tristeza tomou conta dele no dia em que percebeu que as palavras que lia estavam se apagando lentamente. — Ele para e observa os rostos subjugados. Após respirar profundamente, pega o cachimbo novamente. A fumaça leva sua voz: — Os poetas, os sábios, os juízes... todos estavam apavorados. Todos escondiam seus manuscritos temendo que pudessem ser lidos por esse sábio cego. Assim, obrigaram o rei a bani-lo do reino. O sábio teve que partir para o exílio com sua família, querendo ou não. Foi instalar-se nesse vale de que falei a vocês. Ergueu uma cidade em que todos aprendiam tudo de cor. Não tinham nenhum livro, nenhum escrito. Porque sabiam tudo. O livro era apenas para os imbecis! — Ele explode de rir, depois fuma, tosse e retoma: — Inventaram uma outra língua, impossível de esquecer. Desde então, de toda parte do mundo vinham contadores, poetas, sábios, para que esse povo traduzisse suas obras em sua língua, fizesse com que vivessem através de sua voz, que as eternizasse em sua memória. Parece que mesmo as histórias esquecidas — verdadeiras ou falsas, conhecidas e desconhecidas — voltavam à memória, tomavam forma, reencontravam nessa cidade a voz dos contadores... E isso, claro, dava medo nos falsificadores de histórias, nos falsários dos contos, nos charlatães dos segredos, nos impostores das ciências, nos políticos de má-fé... E, um dia, vieram todos à aldeia. Invadiram-na, destruíram-na. Destruíram tudo! Tornaram as crianças surdas. Cortaram a língua dos adultos. Mas... — Uma pausa, uma longa baforada de haxixe, e a sequência: — Mas não se deram conta de que nesse vale não havia apenas seres humanos. As casas, as árvores, os rochedos, a água, o vento, o ar, as serpentes, tudo nesse vale podia lembrar-se desse povo, de sua história, de sua sabedoria, mas também da barbárie dos tiranos! — sua voz, indignada, treme — sim, pode-se destruir tudo, mas nunca a memória, nunca as lembranças, nunca! — Ele se cala e sai do círculo para apoiar-se na parede.

— E depois? — pergunta Mostapha com um olhar fascinado.

— Depois o quê?

— A sua história?

— Minha história o quê? Ah, sim! — exclama *kâka* Sarwar, afastando-se da parede. Mais sereno, ele prossegue: — Meu guia terminou a história de sua chefe na entrada da aldeia vizinha. Deixou-me em um santuário secreto para que eu passasse a noite lá. No momento de devolver-lhe o lampião, de lhe apertar a mão e agradecer-lhe, percebi que meu guia era cego!

— Ora essa! — grita Mostapha, desconcertado.

Um outro jovem objeta:

— *Kâka* Sarwar, essa história, você na verdade a inventou. Você jamais a viveu. Ela não é verdadeira!

— Agora é, como dizia um sábio entre os sábios do país do Sol Poente, *já que você a contou* — rebate *kâka* Sarwar com um sorriso malicioso.

— De onde você tira todas essas histórias, *kâka* Sarwar?

— Do vale das *Palavras Perdidas*, meu jovem.

— Então isso existe de verdade — exclama Mostapha.

Mais algumas baforadas; e a língua fica ressecada, uma tosse aguda queima o peito, o sangue endurece nas veias, o coração bate lentamente, depois todo o corpo paira no ar.

Então Rassul se levanta, apoia-se contra a parede e deixa o fumadouro.

Do lado de fora, a cidade está uma fornalha. Tudo ondula no calor: a montanha, as casas, as pedras, as árvores, o sol... Tudo treme de medo. A não ser Rassul. Está leve, tranquilo. Como se fosse o último homem sobre a terra, ele percorre as ruas sem poder cruzar um único olhar, acariciar uma única alma, ouvir uma só palavra. Tem vontade de gritar que é o único homem, que os outros estão todos mortos, mortos para ele; depois, correr, rir... Até chegar à ponte de Larzanak.

A explosão de um míssil, não muito longe, chacoalha a ponte. Mas Rassul não se mexe. Não se lança ao chão. Está lá, de pé, como se provocasse os atiradores a jogarem mísseis nele. Vamos, atirem! Estou aqui. E ficarei aqui, diante de vocês. Vocês, os surdos, os cegos, os mudos!

A poeira invade o rio, a ponte, o corpo, o olhar, a voz...

Ele retoma seu caminho. Passa diante do hotel Metrópole. Lá dentro reina o caos. Os jornalistas estrangeiros, os funcionários do hotel e os barbudos armados correm para todos os lados. Talvez Razmodin tenha voltado. Rassul entra no lobby.

Com dólares entre os dentes, um jovem funcionário — aquele que fora buscar Rassul na *sâqikhâna* — está recurvado transportando um ferido, um jornalista estrangeiro. Quando vê Rassul, para, tira as notas de sua boca:

— Razmodin não está aqui, ele desapareceu. Foi embora ontem, não foi mais visto... Todo mundo está se salvando. Haverá... — Uma explosão violenta sacode o prédio. O jornalista ferido chora. Dá um outro dólar ao jovem que o transporta apressadamente em direção ao subsolo.

Do lado de fora, todo mundo atira sem saber por quê, nem contra quem.

Atiram.

Atiram...

A bala encontrará seu alvo.

Sem destino preciso, indiferente ao caos que reina na cidade, Rassul se arrasta para fora. Não tem vontade alguma de voltar para a casa de Souphia, nem de ir à casa de sua tia procurar Razmodin — que, de resto, deve estar neste momento em Mazar, junto a Donia. Segue em direção ao Ministério das Informações e da Cultura. Atrás de uma barricada, alguém grita: "Salve-se, *kharkoss*!"

Rassul caminha na direção da voz. Um homem o agarra e puxa-o para o abrigo, berrando:

— Pobre imbecil! Se pouco se importa com sua vida, vá morrer em outro lugar, aqui não temos tempo de recolher seu cadáver. Aonde vai você assim? — É o amigo de Jano, que o espancou em seu quarto. — Se é o comandante Parwaiz que quer ver, ele não está aqui. Saiu à procura de Jano, que desapareceu.

Jano desapareceu? Deve ter fugido. Devia estar farto desta guerra.

Rassul levanta-se e deixa a barricada. Avança em meio aos tiros, gritos, veículos militares... Nada o atinge. Chega ao parque de Zarnegar. A fumaça flutua entre as árvores. Em um canto do jardim, estende-se sobre a relva. Ele traga, misturando com displicência a fumaça de seu cigarro à das armas. Fecha suavemente os olhos e permanece um bom tempo estendido. Os barulhos diminuem pouco a pouco, até o silêncio absoluto. E longo.

Repentinamente, um ruído de passos que se aproximam roça sua cabeça, penetra suavemente em sua languidez. Abre os olhos. Uma mulher coberta com um *tchadari* azul-claro passa rente a ele. Ao vê-la, endireita-se.

Souphia?

Levanta-se e, com um passo hesitante, lança-se em seu encalço.

Dando-se conta de que é seguida, a mulher ralenta o passo, depois para e, temerosa, volta a cabeça na direção de Rassul, que se aproxima. Ela se afasta um pouco da alameda para deixá-lo passar. Ele, por sua vez, para. Desconcertada, retoma seu caminho.

Deixe-a, Rassul, não é Souphia.

Mas quem é?

Uma mulher, entre tantas outras.

Mas o que faz aqui? Por que veio ao parque, sobretudo neste momento, quando todo mundo tenta se salvar?

Assim como você, ela se refugia no parque, protege-se entre as árvores.

Não, ela veio me ver. Sem dúvida alguma.

A mulher chega ao final do parque e toma a grande rua que leva ao cruzamento de Malekazghar.

Rassul acelera o passo, ultrapassa-a e bloqueia sua passagem.

Ela para, assustada; vira a cabeça para todos os lados. Não há ninguém. Cada vez mais perturbada, desvia-se de Rassul para prosseguir seu caminho, sem dizer nada. Rassul a segue. Emparelhado com ela, verifica se tem o talhe de Souphia. Não. O da filha de *nana* Alia? Certamente não. Então por que você a segue?

Não sei. Sua vinda aqui é estranha. Ela está necessariamente à procura de alguém.

Mas não de você!

Quem sabe?

Chegam ao cruzamento. Ela o atravessa com passos rápidos.

Olhe para ela. Tem o ar de alguém que o persegue? Pode-se até dizer que foge de você.

Decepcionado, renuncia a sua caça; enrola um cigarro.

Mas a mulher, assim que chega ao outro lado, para e se volta para observar Rassul.

Ela brinca comigo. Aguarda para me ver atrás dela.

E se põe em marcha para alcançá-la. Ela foge de novo. "Pare!"

Rassul para.

De onde vem essa voz?

De você!

"Pare!", sim, isso saiu de sua garganta!

Ele grita:

— Pare! — É sua voz, frágil, estragada, abafada, mas audível. — Pare! — Ele corre. A mulher corre também. — Pare! — Ele a alcança, — pare! — sem fôlego, — eu... eu recuperei minha voz! — tenta enxergar o rosto da mulher através do trançado do *tchadari*, — eu posso falar! — aproxima-se dela mais um passo, — quero lhe falar. — Ela o escuta. Ele busca as palavras. — Quem é você? — Ela permanece calada. — Quem a enviou? — Sua mão, mais hesitante que sua voz, estende-se para levantar seu véu. Aterrorizada, a mulher recua. — Você veio me buscar. Você veio para me fazer falar. Não é? — A mulher vira a cabeça. — Foi você quem me trouxe, em sonho, o meu pomo de adão. — Toca-a. Ela treme, e vai recuando. — Eu a conheço, eu a procurava. É você, a mulher do *tchadari* azul-claro. Eu a reconheci pelo jeito de andar. Foi você quem viu o cadáver de *nana* Alia, foi você quem deu cabo dele. Você foi embora com sua caixa de joias e seu dinheiro. Fez bem. É inteligente e habilidosa. Bravo! — Ela hesita em atravessar a rua, em mudar de calçada. — Tem que saber de uma coisa: eu poderia tê-la matado, a você também, mas não quis... Me deve sua vida, sabia? — Ela vacila — de medo ou de lassidão —, endireita-se e se apressa. — Escute! Fique um instante. Tenho coisas a lhe dizer. — Ela deixa a calçada e se planta no meio da rua, na esperança de ver surgir alguém, um carro, um veículo militar. Não há nada. Não há ninguém. Rassul a persegue. — Não fuja de mim. Não lhe farei mal. Sou incapaz disso. — Segura seu *tchadari*, que desliza entre os dedos. — Não deve fugir de mim. Acabou. Nós nos encontramos. Temos uma mesma vida, um mesmo destino. Somos parecidos. Temos as mãos sujas com o mesmo crime. Eu matei; você roubou. Sou um assassino, você uma traidora... — A mulher para, vira-se para olhá-lo uma vez mais, depois vai embora. Surpreendido com essa parada inesperada, Rassul continua mais calmamente: — Entretanto, esse crime que partilhamos pesa em minha consciência. E não é justo que eu seja o único a sofrer com isso. Eu, que com esse crime queria libertar minha noiva das mãos daquela puta e com seu dinheiro salvar nossas duas famílias... Agora, lastimo esse dinheiro, essas joias, mas o remorso me atormenta. Ajude-me! Só você pode me ajudar. Podemos nos associar, guardar esse segredo até o fim de nossos dias; e sermos felizes. — A mulher ralenta novamente o passo — um tempo de reflexão, de dúvida ou ainda de trégua —, depois retoma seu caminho na direção do *Kabul Wellayat*, a sede do governo. — Diga-me o que fez com o cofre e o dinheiro. Eles são meus. Preciso recuperá-los. Com tudo isso, posso fazer felizes as duas famílias, agora talvez três, com a sua. Tanto faz se me prendem, tanto faz se me enforcam; ao menos, ficarei aliviado de meu crime. Acabarei com todo este sofrimento. — A mulher, sempre calada, segue ao longo das muralha do *Kabul Wellayat*. Rassul não ousa mais avançar. Encara a mulher. — Leve-me com você, caso contrário a denuncio à justiça, ao governador. Você me ouve, sua surda-muda? — Sempre o silêncio. — Diga-me ao menos quem é. Diga-me se meu crime a fez feliz. — A mulher chega diante do portão do *Wellayat*, para e se vira para Rassul como para convidá-lo a entrar. Colado ao muro, avança com passos hesitantes. — Não, você não pode ser feliz sem mim. Precisa de mim, assim como preciso de você. Somos como Adão e Eva. Cara e coroa. Ambos expulsos para vivermos nesta terra maldita. Não podemos viver um sem o outro. Estamos condenados a partilhar nosso crime e nosso castigo. Fundaremos um lar. Partiremos para longe, para muito longe, para os vales inacessíveis. Construiremos uma cidade que batizaremos de... o vale dos *Pecados Perdidos*. Inventaremos nossas próprias leis, nossa própria moral. E teremos filhos, não como Caim e Abel, caso contrário matarei Caim. Sim, eu o matarei porque agora sei do que é capaz. Eu o matarei assim que nascer! — A mulher abre o portão, depois, após um último olhar na direção de Rassul, entra no pátio. Ele está pasmo. Olha em torno de si; a rua está deserta; o silêncio é ainda mais profundo; o céu, baixo e pesado. Avança até o portão do *Wellayat*. Através das grades, distingue apenas ruínas, nenhuma pista da mulher.

Quem era ela?

— Quem é? — uma voz melodiosa deixa Rassul paralisado. De onde ela saiu?

— Há alguém aí? — balbucia Rassul em um tom fraco e abafado.

— Sim, gênios! — surge uma outra voz que arranca risos sarcásticos de uma guarita de pedra de cantaria, situada ao lado do portão do *Kabul Wellayat*. No interior da guarita, Rassul percebe corpos deitados no chão.

— Você não viu uma mulher entrar?

— Uma mulher? Aqui? Se pudéssemos ter essa sorte! — O riso sacode os corpos.

— Há alguém no *Wellayat*?

— Quem você procura?

— O promotor.

— Quem é esse gênio? — A seu companheiro: — Você o conhece?

— Não, peça-lhe um cigarro.

Rassul tira dois cigarros e os estende para dentro.

— Jogue-os! — E joga-os.

— De qualquer modo, há alguém aqui? Um governador, um juiz, um...

— Vá ver você mesmo! Por que nos pergunta?

Rassul não viu a cabeça dos dois soldados. Ele entra no pátio devastado, cujo chão está coberto de papéis e cadernos calcinados. As paredes estão crivadas de balas. A sede do governo está deserta, envolta em um silêncio morno e denso. Como sempre, nenhuma pista da mulher do *tchadari* azul-claro.

Estranha aparição!

Estranha desaparição!

Uma mulher etérea, vinda de parte alguma como para lhe devolver a voz, mostrar-lhe o caminho, entregá-lo à justiça, conduzi-lo aqui, ao *Kabul Wellayat*, onde tudo está em ruínas: o palácio da Justiça assim como o edifício da vigilância ou o da penitenciária...

Para diante do único edifício em bom estado, toma a escada, entra. Há um longo corredor com paredes imundas. Seus passos ressoam e tornam o silêncio ainda mais denso e angustiante. Para. Uma estranha sensação o oprime. Hesita, depois avança, apesar disso. Os escritórios dos dois lados do corredor têm as portas abertas. A luz penetra pelas aberturas, iluminando as entranhas sombrias e sórdidas. Mesmo com a presença de alguns móveis — cadeiras, mesas, material de escritório —, todos os cômodos estão sem alma, salvo um, onde algumas roupas de mulher e de criança, ainda molhadas, estão estendidas em um varal, sob os raios do sol. Então ainda há vida aqui. A mulher com o *tchadari* azul-claro deve morar neste lugar.

Vou conhecê-la, enfim!

Chegando ao meio do corredor, percebe passos, depois um jovem que sobe a escada vindo do subsolo. Ao ver Rassul, desce as escadas correndo. Segue-o, toma a escada e penetra no subsolo, onde um cartaz indica: "Arquivos da Justiça." Ao final de um longo corredor, uma pequena luz o guia em direção a um cômodo de onde escapam sussurros, abafados, senis: "You... Younness... Youss... Youssef..." Rassul entra no cômodo. É uma sala grande com armários e prateleiras alinhadas, repletas de dossiês amarelecidos pelo tempo. A voz continua a ressoar de um lugar que Rassul não consegue ver.

— Há alguém aí? — lança timidamente. Sem resposta, mas a mesma voz senil balbucia:

— Youssef...

— Há alguém aí? — repete, quase gritando. Depois de um silêncio, a mesma voz lhe responde:

— Na verdade, há dois! — e, sem esperar, retoma: — Youssef, Youssef, Youssef Ka... — como se fosse um encantamento. Rassul busca uma passagem para juntar-se ao homem. Ele está lá, no fundo do cômodo, diante de um respiradouro, atrás de uma grande escrivaninha onde folheia vários dossiês. Um jovem segura uma lanterna.

Ao ouvirem o barulho feito por Rassul, os dois levantam os olhos em sua direção. O velho balança a cabeça como para cumprimentá-lo, depois volta maquinalmente a seu trabalho. Rassul, aproximando-se da escrivaninha, pergunta:

— Eu procuro o senhor... promotor. — Ocupado folheando um grande caderno que tirou de um dos dossiês, o velho parece não ouvi-lo. Vira algumas páginas e seu dedo se detém sobre uma lista de nomes.

— Youssef... Ka, Youssef Kab... Youssef Kabouli! Não é isso, meu rapaz? — O jovem que segura a lanterna se distrai com a presença de Rassul. O homem resmunga: — Olhe, meu rapaz, veja se não é justamente o nome de seu pai. Onde está com a cabeça? — O jovem, desestabilizado, inclina-se sobre o caderno. Rassul dá um passo adiante e, com ar impaciente, repete a pergunta:

— Onde posso encontrar o senhor promotor?

— Eu ouvi bem, *mohtaram*. Entendi muito bem o que me perguntou. Você não me propôs uma charada, que eu saiba! — Uma pausa, como para obter o assentimento de Rassul, depois pergunta-lhe: — É urgente? — em um tom intimidatório que faz Rassul hesitar antes de resmungar:

— Sim.

— Antes me deixe concluir este assunto, em seguida me ocuparei do seu — disse o velho; depois, rabugento, volta-se para o garoto: — Então, você sabe ler ou não?

— Sim, sei ler, mas seu dedo...

— O que é que tem meu dedo?

— Está em cima.

— Falei para ler o nome acima do meu dedo, idiota! — O rapaz abaixa a cabeça e balbucia:

— You, Yous... Youssef... Ka, Kabouli, sim, acho que é este.

— Acha?! Faz uma semana que enche meus ouvidos com esse nome; e agora está em dúvida! Isso é grave, meu rapaz, muito grave.

— Não disse que tenho dúvida. Disse que acho.

— Sobre o que é que está tagarelando? Então, qual é o número do dossiê?

— O número do dossiê?

— Sim, os algarismos!

— Os algarismos?... Não há algarismos. Olhe o senhor mesmo!

— Como não há algarismos? Erga a lâmpada! — O jovem levanta a lanterna; o velho, esgotado, fica nervoso: — Então como vou encontrar o filho da puta desse dossiê? — Seu olhar inspeciona a pilha de papéis. Rassul fica exasperado:

— Antes de recomeçar sua pesquisa, poderia me responder se o promotor...

— Escute, meu caro, a questão deste garoto é mais importante do que a presença ou ausência do senhor promotor! O destino de uma família está em jogo. Faz uma semana que estou me esforçando para pôr as mãos nesse dossiê; agora, tenho que abandonar tudo para procurar o senhor promotor! Antes de tudo, não há mais promotor. Além di so, aqui não é a recepção. Estamos no Departamento dos Arquivos da Justiça. E sou apenas um humilde escrivão que, lamentavelmente, se ocupa agora deste lugar! — Para por um instante e depois inclina a cabeça novamente sobre a lista de nomes e balbucia: — O que é que você quer com o senhor promotor?

— Vim me entregar à justiça.

— Ah, sinto muito, não há ninguém para recebê-lo. Espantando, mas também nervoso, Rassul aproxima-se dele e tenta falar com serenidade, com sua voz partida:

— Não vim para ser recebido. Vim para... — ergue a voz, articulando cada palavra: — PARA ME ENTREGAR À JUSTIÇA!

— Entendi muito bem. Eu também me entrego todas as manhãs à justiça. E esse rapaz também.

— Mas venho para ser preso. Sou um criminoso.

— Então volte amanhã. Não há ninguém hoje. — E submerge de novo no grande caderno. Rassul espuma de cólera; coloca sua mão sobre os papéis e, de sua garganta descarnada, se esfalfa para dizer:

— Entendeu o que eu lhe disse? Entendeu bem o que quero?

— Sim! Você está aqui para se entregar à justiça, porque é um criminoso. Não é? — Rassul, aturdido, encara-o. Ele, meneando a cabeça, diz: — E então?

— Então é preciso que me prendam.

— Mas não posso fazer nada por você. Como lhe disse, sou o escrivão do tribunal, isso é tudo.

— *Bâba*, me dê dinheiro, vou comprar pão. — A voz de uma criança, aquela que primeiro percebeu Rassul no corredor, sai detrás das prateleiras, atraindo a atenção de todos os três.

— Eu vou lá... — diz o jovem, filho de Youssef Kabouli.

— Não. Você fica aqui, estamos procurando seu pai — ordena-lhe o escrivão, que dá dinheiro ao menino. Depois, grunhindo, volta para o grande caderno. — Dizem que sou escrivão, mas, na verdade, faço tudo aqui. Não há mais processos... Portanto, devo cuidar dos arquivos... — Continua folheando o caderno. — Se eu não estivesse aqui, juro que os ratos teriam roído todos esses dossiês. Ou então teriam sido destruídos pelos bombardeios.

— Sim, é verdade. Aqui fervilha de ratos! — confirma o rapaz, que, atendendo à ordem do escrivão, se põe a organizar os dossiês.

Contrariado pela atitude do escrivão, Rassul tira um cigarro e o acende. Sua voz aflita desafina:

— Matei uma pessoa. — Nenhum dos dois presta atenção ao seu *mea-culpa*. Talvez não tenham ouvido. Então, um pouco mais forte: — Matei uma pessoa — que eles ouvem. Os dois se voltam para ele, mas muito rapidamente e sem dizer palavra alguma, e retomam suas pesquisas.

Talvez tenham ouvido, mas não tenham entendido nada.

Devo ter articulado mal. Minha voz ainda está abafada, mal se ouve.

Ergue a voz e grita:

— Mas você entendeu? — O escrivão lança-lhe um olhar exasperado. Não diz nada. Novamente o silêncio, a cabeça mergulhada nos dossiês, nos nomes, nos algarismos, nas incertezas... E Rassul prossegue como se falasse consigo mesmo: — Sei que não realizei uma façanha. Na verdade, cometi um ato bastante comum. Pouco importa. Matei e me entrego à justiça — e senta-se ao pé de um armário.

Cada vez mais pesada, a presença obstinada de Rassul incomoda o velho escrivão, que acaba por fechar o grande caderno.

— Farzan, retomaremos amanhã a pesquisa sobre seu pai. Vá preparar um chá — diz ao jovem, que imediatamente coloca a lanterna sobre a mesa e, bastante excitado, pergunta:

— Verde ou preto?

— Verde ou preto? — o escrivão refaz a pergunta dirigindo-se a Rassul, que responde com ar cansado:

— Preto.

Farzan sai. O velho escrivão pega a lanterna e dirige-se às prateleiras.

— Esse pobre Farzan. Seu pai era um guarda-livros prestigiado durante a monarquia, uma família respeitável. Mas, na época dos comunistas, vieram a sua casa, prenderam-no e o mandaram para a prisão sem dizerem nada. Era acusado de quê? Ninguém nunca entendeu, e, assim como no caso de todos os prisioneiros da época, jamais houve processo. Perderam seus rastros. Dizem que foi enforcado ou exilado na Sibéria. Ninguém sabe o que aconteceu com ele. Agora seu filho tem uma só obsessão: reencontrar os rastros do pai. Quer saber de que era acusado. Eu lhe disse que jamais encontrará a resposta. — Volta para trás da escrivaninha. — Acho que no dia em que foi preso, passou-se alguma coisa de grave em sua família, a qual ele tenta entender, descobrir. E é isso o que interessa a mim também. Não o resto: a justiça, a injustiça, etc. Isso são apenas opções, não concepções. — Para por alguns segundos para ler no rosto de Rassul o efeito de seu adágio e prossegue: — Desde que está aqui, tornou-se meu assistente... — e ri. — Gosto sempre de recolher histórias que dizem respeito à justiça. Através delas compreende-se melhor a história de um país, o espírito de um povo. Tenho milhares. Falta-me tempo para reescrevê-las. Mas não me dão... Olhe! — Ele mostra um monte de dossiês empilhados num canto. — O juiz supremo me pediu a lista de todos os mudjahidin mandados para a prisão na época dos comunistas, mas também a lista dos *shahids*. Dizem que o Ministério dos Shahids está pedindo. O Ministério dos Shahids! — Ri a não poder mais, desta vez ironicamente, lançando um olhar a Rassul que é tristemente absorvido por uma ratoeira colocada sobre a escrivaninha. — Então, meu jovem, quem você matou?

— Uma mulher.

— Você estava apaixonado por ela? — pergunta, sem deixar de folhear os dossiês.

— Matar uma cafetina não é um crime em nossa sacrossanta justiça. Portanto, você... deve estar sofrendo por outra coisa. — O escrivão se imobiliza no fundo de sua cadeira e encara Rassul intensamente. Este último, cabeça baixa, engole com dificuldade um pedaço de pão. Os três estão em torno da escrivaninha, transformada em mesa de refeição. — Resumindo: você se atormenta, você se sente um nada porque não consegue compreender por que há tanto mistério em torno de seu crime. É isso, não é?

— Sim, mas...

— Continuo: pelo que ouvi, no início você acreditava que sofria porque seu golpe falhara; porque não havia roubado o dinheiro, as joias... que lhe teriam permitido salvar sua família... Depois se deu conta de que, se tivesse o dinheiro e as joias de *nana*... como?... sim, *nana* Alia, sentiria ainda mais remorso, mais sofrimento... Depois, constatou que o dinheiro e as joias eram apenas um pretexto. No fundo, matou essa cafetina para apagar da terra uma barata e, sobretudo, vingar sua noiva... Mas deu-se conta de que isso não mudou nada. O assassinato não acalmou sua sede de vingança. Não o reconfortou. Ao contrário, criou um abismo no qual afunda dia a dia... Hoje, portanto, o que o atormenta não é o fracasso de seu crime nem sentir a consciência pesada; sofre, na verdade, por causa da vaidade de seu ato. Em suma, você é vítima de seu próprio crime. Estou certo?

— Sim, sou vítima de meu próprio crime. E o pior nessa história é que meu crime não é apenas banal e vão como nem sequer existe. Ninguém fala dele. O cadáver desapareceu misteriosamente. Todo mundo acredita que *nana* Alia partiu para o interior, levando consigo suas joias e sua fortuna. Já encontrou em todos os seus arquivos jurídicos um caso tão absurdo?

— Ah, meu jovem, vi crimes ainda mais absurdos que o seu. E constatei também que matar uma cafetina não apaga o mal sobre a terra. Sobretudo hoje em dia. Como você disse, matar é o ato mais insignificante que pode existir neste país.

— É por essa razão que vim me entregar à justiça. Quero dar um sentido a meu crime.

— Mas você já deu algum sentido à sua vida para poder dar um sentido a seu crime?

— Justamente, eu pensava que com esse assassinato eu daria.

— Assim como todas as pessoas que matam em nome

de Alá para esquecerem seus pecados! É o sucedâneo, meu jovem, o sucedâneo! Você entende?

— Sim — faz com a cabeça; depois pergunta ao escrivão: — Conhece Dostoiévski?

— Não. Ele é russo?

— Sim, um escritor russo, mas não comunista. Pouco importa. Dizia que, se Deus não existisse...

— *Tobah na'ouzobellah!* Que Alá o proteja dessa aberração! Expulse esse pensamento satânico!

— Sim, que Alá me perdoe! Esse russo dizia que — *Tobah na'ouzobellah* —, se Deus não existisse... o homem seria capaz de tudo. — Após um silêncio meditativo, o escrivão diz:

— Ele não está errado! — e sussurra na orelha de Rassul: — Então como o seu querido russo poderia explicar que hoje, aqui, neste país, onde todo mundo acredita em Alá, o Misericordioso, todas as atrocidades são permitidas?

— Você quer dizer que essas pessoas... — intervém Farzan, perdido nessa discussão.

— Meu rapaz, vá pegar água! — ordena o escrivão, para livrar-se dele, e continua: — Você sabe que, se o pecado existe, como se diz, é porque Deus existe.

— Sim, mas hoje tenho a impressão de que é o inverso. Que Alá me perdoe! Se Ele existe, não é para impedir os pecados, mas para justificá-los.

— Sim, infelizmente. Sempre nos servimos dele, ou da História, ou da consciência, ou das ideologias... para justificar nossos crimes, nossas traições... Raros são aqueles que, como você, cometem um crime e sentem remorso.

— Ah, não! Não tenho nenhum remorso.

— Não tem remorso, está bem. Mas tem consciência dele. Olhe em torno de você: Quem não mata? Quantos criminosos chegaram, como você, a esse nível de consciência? Nenhum.

— Justamente, é minha consciência que me torna culpado.

— Então para que precisa de processo, de julgamento? Tudo isso, idealmente, é para aqueles que não reconhecem seu crime, sua culpabilidade. Além disso, quem poderá julgá-lo hoje? Não há ninguém, aqui, nem juiz, nem promotor. Todo mundo está em guerra. Todo mundo corre atrás do poder. Não têm tempo nem preocupação para virem se ocupar de seu processo. Têm até medo de processos. O processo de uns pode se tornar o de outros. Você me entende? — Rassul está perplexo. O escrivão continua: — O que você quer? A prisão? Sua alma é prisioneira de seu corpo, e seu corpo, prisioneiro desta cidade.

— Portanto, quer eu esteja aqui ou em outro lugar, nada muda.

— Nada muda.

— Então, fico aqui.

O escrivão está no limite. Pega um dossiê e joga-o no chão.

— Mas aqui não há ninguém. Não posso mais me ocupar de você — grita —, não há mais Penitenciária, nem Investigação... nada. Não há mais nada! Nem sequer existe lei. Estão em via de mudar o código penal. Tudo será baseado na *fiqh*, a *charia*. — Furioso, encara Rassul longamente, num silêncio opressor. E, antes de recolher o dossiê que jaz aos pés de Rassul, estende-lhe a mão: — Estou feliz por tê-lo encontrado, meu jovem. É a hora da minha oração. Boa sorte! — Em seguida, põe o dossiê sobre a escrivaninha e retira-se para outro cômodo.

Rassul fica estupefato, sem palavras, sem voz, mais afônico que antes.

Onde estou?

Em *Nâkodjâ âbâd*, cidade de lugar nenhum!

Farzan toma a palavra:

— Então você fica? Tem razão. Aqui você está bem de verdade. É um abrigo seguro... O senhor escrivão mora aqui com toda a sua família. É fresco. Sua mulher é adorável. Ela também é muito bonita e cozinha muito bem...

— Foi ela que entrou agora há pouco, antes que eu chegasse? Uma mulher usando um *tchadari* azul-claro?

— Ah, não! Ela nunca sai daqui. Tem medo das bombas. Tem medo de ficar só. Ela é um pouco...

Logo, ela não é a mulher maldita. Mas então por que o escrivão insiste com tanta veemência para que eu vá embora?

— Irmão! — Uma voz grave, seguida de passos procurando o caminho, impede Rassul de continuar a arquitetar suspeitas. Farzan se refugia no cômodo ao lado e faz sinal para que Rassul o siga, mas ele não se mexe. Surgem quatro homens armados.

— O escrivão não está?

— Ele faz suas orações — responde Rassul.

— E você, o que faz aqui? — pergunta-lhe um dos quatro.

— Chamo-me Rassul e vim me entregar à justiça.

— Você faz o quê? — pergunta um deles.

— Trabalha aqui? — prossegue o outro.

— Não, vim me entregar à justiça — responde Rassul, atordoado diante desses quatro homens que se entreolham, desconfiados.

— Aqui não se emprega ninguém!

— Não vim aqui para trabalhar. Vim para ser julgado. — Um dos homens o encara, cofiando sua barba:

— Você quer ser julgado. Por quê?

— Matei uma pessoa.

Entreolham-se novamente. Cheios de dúvida. Não têm mais nada a dizer. Enfim, um deles avança na direção de Rassul e diz:

— Vamos ver isso com o *Qhâzi sahib*. Venha!

O escrivão, seguido por Farzan, alcança-os na saída do prédio:

— Vocês me procuravam?

— Sim, o *Qhâzi sahib* quer saber se a lista dos *shahids* está pronta.

— Ainda não!

— Então volte a seu trabalho e a apronte o mais rapidamente possível! — Mas o escrivão permanece plantado lá, muito consternado com a estupidez de Rassul.

Chegam a um edifício semidestruído e entram num cômodo imponente, mobiliado com uma grande mesa atrás da qual o juiz, sem lhes dar atenção, está comendo um grande pedaço de melancia. Um barrete branco cobre sua cabeça grande e raspada; uma barba comprida prolonga seu rosto carnudo. Aguardam que termine a refeição. Após colocar a casca sobre o prato, tira um grande lenço para secar a boca, a barba e as mãos. Soltando um arroto de boa digestão, faz sinal a um velho para que tire o prato, depois pega seu terço, olha para Rassul e interroga os outros:

— Onde está o problema?

— Nós lhe trazemos um assassino. — O olhar do *Qhâzi* passa de Rassul a seus homens, um olhar sem expressão, exceto por um "então?" que ele não pronuncia. Pergunta:

— Onde o prenderam?

— Não o prendemos. Ele próprio se entregou. — De imediato, a surpresa. O juiz olha novamente para Rassul:

— Quem ele matou? — Sem resposta. Um dos homens sussurra na orelha de Rassul:

— Você matou quem?

— Uma mulher.

Um assunto familiar, de novo. Sem interesse, portanto. Incomodado com uma semente de melancia presa entre os dentes, o juiz tenta tirá-la com a ponta da língua. Tentativa frustrada. Continua em tom indiferente:

— Por qual razão? — Novamente o silêncio. Uma vez mais o guarda transmite a pergunta a Rassul, que ergue os ombros para dizer que não sabe. — Ela era sua mulher?

— Ela era sua mulher?

— Não — Rassul enfim responde, cansado dessas perguntas indiretas, desses olhares desdenhosos. O juiz faz uma pausa, não para refletir, mas para ocupar-se da semente da melancia, a maldita semente. Nova tentativa, desta vez com o indicador. Impossível. Desiste.

— Era quem então?

— Uma senhora que se chamava *nana* Alia, de Dehafghanan, responde Rassul antes que o guarda refaça a pergunta.

— Para roubá-la?

— Não.

— Para estuprá-la?

— Também não.

Nova interrupção do interrogatório, nova tentativa do *Qhâzi* contra a semente. Mete o indicador e o polegar na boca. Não consegue, está claro. Rassul gostaria muito de ajudá-lo. Seu indicador é fino, ossudo, com a unha bem pontuda. Ele domina perfeitamente essa técnica: é preciso empurrar a semente com a ponta da unha e aspirá-la ao mesmo tempo.

— Onde estão as testemunhas?

— Não há nenhuma testemunha.

Cada vez mais irritado com a maldita semente de melancia, o juiz rasga nervosamente o canto de uma folha de um dossiê. Dobra-a e a desliza entre os dentes. Em vão. O papel fica úmido e amolece. Fica enfurecido.

— Alguém tem um fósforo? — e balança o papel sobre a mesa. Rassul precipita-se para lhe entregar sua caixa de fósforos. Pega um, tira a cabeça, o esculpe com a unha e tenta recuperar a semente maldita. Finalmente livra-se dela. Aliviado, observa esse nada tão incômodo e ordena a seus guardas: — Soltem-no! Não tenho tempo para me ocupar de casos como esse.

— Venha! — Um dos guardas o pega pelo braço. Mas ele permanece plantado diante da mesa do *Qhâzi*. Certamente não irá se mexer! Ele se lançará diante do juiz, o pegará pela barba e gritará: "Veja-se em mim! Sou um assassino, como você! Por que não sofre por causa disso?" Dá um passo, mas o punho do guarda o impede.

— *Qhâzi sahib*, deve me julgar — pede com determinação. O juiz, passando a mão na fronte, fica pensativo por um momento, depois prossegue, marcando suas palavras no mesmo ritmo da passagem das contas do terço entre seus dedos:

— Seu caso é uma questão de *qisâs*. Vá atrás da família da mulher, pague o preço do sangue. Isso é tudo. Agora deixe minha sala.

É tudo?

Sim, Rassul, é tudo. Você sabia disso, o escrivão o prevenira.

— Sim, você havia me prevenido — admite Rassul, sentado diante da mesa do escrivão, que está tirando de um dossiê o nome dos *shahids* executados nas prisões comunistas. — Mas acreditava que pudesse convencê-lo a instruir meu processo... e, em seguida, os processos dos outros, de todos os criminosos de guerra. — O escrivão levanta a cabeça e lança um olhar irônico a Rassul:

— Onde pensa que está?

— Agora, em parte alguma.

— Bem-vindo! — deseja-lhe o escrivão, voltando novamente a seu trabalho.

— E isso também me cansa. Essa incapacidade de me fazer compreender e de compreender o mundo.

— Mas você mesmo se compreende?

— Não, sinto-me perdido. — Um tempo, longo, para ir embora para longe, na noite de um deserto, depois voltar e dizer: — Tenho a impressão de que me perdi na noite de um deserto onde existe apenas um único ponto de referência: uma árvore morta. Não importa aonde vá, vejo-me sempre voltando ao mesmo lugar, ao pé dessa árvore. Estou farto de refazer esse caminho interminável.

— Meu jovem, eu tinha um irmão. Ele interpretava no palco do teatro de Cabul Nendaray. Estava sempre feliz, de bem com a vida. Ensinou-me uma coisa importante: levar a vida como uma representação sobre um palco. Dizia-me que, a cada representação, precisava pensar que era a primeira vez que atuava. Desse modo, dava um novo sentido a cada um de seus gestos.

— Mas estou cansado do papel que devo representar. Quero ter outro.

— Mudar de papel não irá mudar nada em sua vida. Você permanece o tempo todo no mesmo palco, na mesma peça, na mesma história. Imagine que o processo seja um palco — de resto, não é nada além disso, e que palco! Sou alguém que pode falar disso. Em suma, nesse palco, em cada representação, você deve interpretar um personagem diferente: primeiro, o acusado; depois, a testemunha; em seguida, o juiz... No fundo, não há diferença... Você conhece tudo. Você...

— Mas, quando se interpreta o papel de juiz, pode-se mudar o curso de um processo.

— Não, você está condenado a respeitar as regras do jogo, repetirá as mesmas frases que um juiz repetiu antes de você...

— Então é preciso mudar a peça, o palco, a história...

— Você será substituído! — Ele ergue a voz: — *"Somos marionetes e, o céu, o marionetista/ Não é uma alegoria, mas a verdade/ Encenamos e reencenamos no palco da existência/ Depois caímos, um a um, na caixa do nada."* Não sou eu que digo isso, é Khayyam. Pense nisso! — Antes que Rassul jogue-o novamente no teatro da justiça, o escrivão empurra em sua direção o impressionante dossiê dos *shahids*: — Veja, agora você também pode me ajudar. Diga-me os nomes!

— Tenho horror aos *shahids*! — Essa declaração perturba o escrivão. Olha Rassul longamente, depois recupera o dossiê, mas Rassul o impede: — Mesmo assim vou ajudá-lo — e se põe a ler os nomes. Mal citou dez deles quando os guardas do *Qhâzi* reaparecem.

— Aqui está ele! — diz um, apontando Rassul. — Nós o procuramos até nos céus. Venha conosco!

E levam-no de volta ao *Qhâzi*, que pede que os deixem a sós. Permanece atrás de sua mesa, sobre a qual estão pousados, no meio dos papéis, seu terço e seu lenço. De repente, pergunta:

— Você conhece Amer Salam?

— Amer Salam?... Acho que sim.

— Você o encontrou?

— Sim.

— Onde?

— Acho que na casa de *nana* Alia.

— Quando foi? — pergunta o juiz, que se inclina sobre a mesa para aproximar-se de Rassul, prestes a ouvir um segredo.

— No dia seguinte ao assassinato.

— O que você estava bisbilhotando lá?

— Minha noiva trabalhava na casa de *nana* Alia. Amer Salam veio...

— Onde estão as joias que você roubou de sua casa?

Finalmente, o caso toma forma. Interessam-se por ele, enfim.

Sim, certamente, mas o que interessa ao juiz são, antes de tudo, as joias, não o assassinato, nem sua consciência, nem sua culpabilidade, nem seu processo...

Pouco importa, desde que eu possa forçar a porta da justiça com as joias. De resto, associar Amer Salam a este caso é uma pista a seguir para colocar as mãos na mulher do *tchadari* azul-claro.

— Ficou surdo? — A veemência do juiz desfaz o pensamento de Rassul.

— Já lhe disse. Não roubei nada. Eu a matei. É tudo.

— Você mente! Amer Salam tinha deixado várias joias penhoradas na casa dela. Devolva-as. Senão, ele irá fazer com que as vomite! Você não o conhece.

— Já disse que não roubei nada.

Tirando seu barrete, o *Qhâzi* enxuga com o lenço as gotas de suor que brotam na cabeça raspada.

— Vá, cuspa! Não tenho tempo a perder com esse caso.

— Mas, *Qhâzi sahib*, juro que não as roubei.

— Então onde foram parar as joias?

— Isso é um grande mistério...

— Não me tome por idiota! Devolva as joias e vá para sua casa!

— Você precisa me escutar. Não é por falta de motivo que vim aqui me entregar à justiça...

— De fato, por que está se entregando à justiça? — pergunta o juiz, dando-se conta, enfim, do absurdo dessa rendição enigmática. — Mas de onde você saiu?

— É uma longa história.

— Estou me lixando para sua história. Diga-me, você é de qual facção?

— De nenhuma.

— De nenhuma! — Espanta-se o *Qhâzi*. Uma tal posição, nesta terra despedaçada, para um espírito como o seu, certamente não tem sentido algum. — Você é muçulmano?

— Nasci muçulmano.

— O que faz seu pai?

— Era militar. Foi morto.

— Era comunista. — De novo. Ainda as mesmas perguntas, as mesmas suspeitas, os mesmos julgamentos. Estou farto disso!

Você queria contar sua história, sua vida, não é? Portanto, jogue o jogo. Vá até o fim.

— Seu pai era comunista, não era? — É uma pergunta ou um julgamento? — Não era?

— Perdão?

— Seu pai, ele era comunista?

— Ah, era uma pergunta.

Furioso, o juiz fica tomado:

— Você também, você era comunista!

— *Qhâzi sahib*, vim aqui para confessar um assassinato: matei uma mulher. É meu único crime.

— Não. Tem algo suspeito nesta história. Você deve ser mais culpado do que isso...

— *Qhâzi sahib*, há crime mais grave do que assassinar um ser humano? — A pergunta faz cair o lenço da mão do juiz.

— Sou eu que faço as perguntas! O que você fazia na época dos comunistas?

— Eu trabalhava na biblioteca de *Pohantoun*.

— Portanto, deve ter feito o serviço militar sob a bandeira soviética — e aperta seu terço. — Diga-me, quantos muçulmanos você matou? — Ainda bem que ele ignora o fato de você ter estado na União Soviética, caso contrário seria o fim de tudo.

— Não fiz o serviço militar.

— Então você estava na Juventude Comunista.

— Não, nunca!

— Você não era comunista, não fez serviço militar e continua vivo. — Silêncio de Rassul. Ecoa apenas o barulho das contas do terço entre os dedos do *Qhâzi*. E, de repente, fica nervoso uma vez mais: — Você está mentindo! Comunista ímpio! — As contas do terço deixam de deslizar, sua voz, com uma raiva sinistra, chama os guardas. — Levem este porco! Tranquem-no na solitária! Amanhã vocês irão desonrar sua figura antes de castigá-lo em público: cortem-lhe a mão direita por roubo; depois, enforquem-no! Açoitem o cadáver imundo para que sirva de lição a todos: tal é o castigo reservado aos remanescentes do antigo regime que semeiam a morte e a corrupção!

Os dois homens armados lançam-se sobre Rassul. Ele está paralisado.

A respiração suspensa.

O coração aos saltos.

A sala vem abaixo.

As contas do terço recomeçam a deslizar uma a uma.

Gritos de fúria invadem a sala.

O tinir das correntes dói nos ouvidos.

De onde vem esse barulho de correntes?
De seus pés, de suas mãos.

Mexe-se. Seus pés e suas mãos estão pesados.
Pesadas também estão as pálpebras que ele abre.
Tudo está escuro. Está estirado sobre uma esteira, num cômodo exíguo. Pouco a pouco, descobre o céu, distante, malva, cortado atrás de uma pequena janela gradeada, colocada no alto da parede. Ergue-se. As correntes ressoam no cômodo, atrás da porta, no corredor deserto. Rassul aproxima-se da porta, tenta abri-la com suas mãos acorrentadas. A porta não tem maçaneta, empurra-a, ela não abre. Bate. Grita. Sem resposta. Nada além das correntes no silêncio da noite. Para, esgotado. Já acabou?
Aqui?
Agacha-se. Tateia as correntes procurando seus tornozelos.

Mal havia recuperado a voz.
Já sou condenado.
Já me deixo matar.
Morrer sem dizer uma palavra, a última palavra?

Ele esconde a cabeça entre os joelhos.
Não chora.

De repente, ouve o barulho seco de uma porta que se abre, passos no corredor. Levanta-se de um salto, cola a orelha contra a porta. Os passos se aproximam e param. Um molho de chaves ressoa, e a porta se abre. A luz violenta de uma tocha penetra na penumbra, ofusca Rassul. Um jovem barbado aponta a arma em sua direção e faz sinal a alguém, que ficou no corredor, para aproximar-se. Surge a cabeça do escrivão. Aproxima-se com um pequeno prato em uma mão e uma lanterna débil na outra. Rassul lança-se a seu encontro. "Não se mexa!", o guarda grita. O escrivão volta-se para o homem:

— Em nome de Alá, grite com menos força! — e entra na cela para dar o prato a Rassul. — Eu lhe disse para ficar e comer conosco, você não quis. Parecia estar com pressa de vir para cá... Está contente agora?

— Não.

— Mas era o que queria, não era?

— Sim, mas não deste modo.

— Então de que modo? Pensava que iriam levá-lo ao Hotel Intercontinental, em um carro decorado com flores, acompanhado de uma orquestra?!

— Não falo da acolhida, mas do julgamento. Esse julgamento sem processo. Não quero partir deste mundo sem dizer nada, sem ter uma última palavra.

— Você se toma por quem? Pelo Profeta? Porque seu nome significa o Santo Mensageiro? — Coloca a lâmpada no chão. — Sente-se e coma um pouco!

— Onde está o comandante Parwaiz?

— Quem?

— É o responsável pela segurança da cidade, instalado no Ministério das Informações e da Cultura.

— E daí?

— Quero vê-lo.

— Já é noite. Nesta tarde anunciaram o toque de recolher. Combatem lá fora. Nem uma mosca ousaria voar. Vou ficar um pouco com você — ao guarda: — Vou ficar só mais alguns minutos. Pode retirar suas correntes? Juro que não fugirá. Não se preocupe. Isso veio de seu próprio chefe.

— E irá embora também por causa de seu próprio chefe!

— Eu garanto. Você me conhece. Ele também é muçulmano. Cometeu um erro, deixe-o esvaziar seu coração.

O guarda cede, após refletir, e pede tabaco com insistência. Rassul lhe oferece seu maço.

—Ah, o sacana, ele fuma Marlboro! — Pega dois, devolve o maço e vai embora. O escrivão se senta.

— Ande, coma um pouco — e empurra o prato na direção de Rassul, que não tem fome ou não tem vontade de comer. — Coma! O apetite vem à medida que se come. Alimente-se um pouco para que o sangue irrigue seu cérebro, e talvez entenda o que lhe dizem. Por que quer brincar com essa gente?

— Não brinco com eles. Quero ser julgado porque sou um assassino, e não porque sou filho de um comunista.

— Ou você é ingênuo, ou nunca viveu neste país, ou não conhece nada do Islã e de seu *fiqh*. Mas você sabe que, de acordo com a *charia*, matar alguém é um delito suscetível de *qisâs*: olho por olho, dente por dente. Isso é tudo. É um julgamento que deriva do direito dos homens. É a família da vítima que decide tudo. Por outro lado, enquanto comunista, você é um *fitna*, um renegado. Portanto, é julgado segundo a lei de *Al-hudûd*, pena igual, sanção estabelecida pelo direto de Alá. Entende isso? Espero que não seja uma charada para você.

— Compreendo bem. Mas, para começar, meu pai era comunista, não eu! E...

— Não, você não compreende nada! Desde quando se julga alguém como indivíduo neste país? Nunca! Você não é o que você é. É apenas aquilo que são seus pais, sua tribo. Talvez seja um pouco complicado para você. Ande, coma um pouco!

— Nem você me leva a sério.

— Ao contrário, levo-o a sério, mas não o compreendo, porque você mesmo não sabe o que o corrói por dentro. É a culpabilidade? Ou o absurdo de seu crime?

— Nem uma coisa, nem outra. É o mal de viver.

— Não misture tudo. É porque você vive mal seu crime, sua culpabilidade...

— Vivo mal meu crime porque ele não surpreende ninguém. E ninguém o compreende. Estou esgotado. Esgotado e perdido...

Esgotado e perdido, com essas duas palavras suspensas em seu espírito: *Que fazer*.

Já é noite, e o escrivão não consegue ver essas palavras nos olhos de Rassul, como ele as via no olhar do asno.

É preciso que lhe conte a história de *Nayestan*. O velho talvez a compreenda.

E conta.

Desta vez, apega-se a dois momentos da narrativa. Em primeiro lugar, à estranha sensação que tivera nos roseirais ao final do dia, após haver despertado de um sono profundo:

— Uma angústia — em princípio vaga, depois palpável — me invadiu. Vinha acompanhada, de modo inesperado, de uma estranha sensação de desapego. Um desapego que não vinha de mim, estava lá, no céu, nos roseirais, no vento, fora de mim... Tudo se desprendia de meu corpo, de meu espírito, em uma palavra: de meu *djân*. Tudo se distanciava de mim. De onde vinha esse sentimento? Do céu vazio? Da brisa nos roseirais? Da vã espera de meu pai?... Continuo não compreendendo.

Depois, descreve detalhadamente o olhar do asno. Desta vez, lê nesse olhar um outro sentimento:

— Ele não exprimia somente seu espanto, *Que fazer*, mas também sua lassidão, suplicando: "Acabe comigo!" É o que o asno pedia com insistência. Não compreendia o que lhe acontecera. Sentia-se condenado a fazer e refazer o mesmo caminho, eternamente. Portanto, queria acabar com aquilo. E, como não podia, pedia a nós para fazermos isso por ele. Assim, ao nos impor sua execução, incitava-nos a refletir sobre nossa própria situação, sobre nosso próprio destino.

O escrivão entrega um pedaço de pão a Rassul e também pega um. Molhando o pão no cozido, diz:

— É bonito como história. Isso me faz pensar na de Mollah Nasroudin. Certo dia, ele chega muito alegre e feliz. Sua mulher pergunta a razão para isso. Mollah responde: "Perdi meu asno." Sua mulher rebate: "E isso o faz feliz?" Ele diz: "Sim! Estou contente porque eu não estava montado nele quando o perdi, caso contrário eu teria me perdido também!..." Sei que não é o momento de contar histórias engraçadas. Mas sua narrativa me fez pensar nesta. Você se perdeu porque o asno havia se perdido. E, hoje, você quer ser condenado à morte porque o asno lhe ensinou isso! Faz bem em aprender tudo, absolutamente tudo; ainda que seja a vontade de morrer, mesmo vinda de um animal. — Levanta-se. — Amanhã, a partir do nascer do sol, na hora da prece, irei procurar seu comandante. Agora, coma e durma. — Pega a lanterna e vai embora, declamando no silêncio do corredor: *"Aqueles que se juntaram ao círculo da elite e da moral/ E que, entre os mestres, tornaram-se a chama/ Não souberam viajar até o fim da noite/ Contaram uma história e depois adormeceram."* Desaparece na intensidade escura da noite.

Rassul volta a seu lugar. O cheiro de podridão invade a cela. Nauseabundo. Sai dali com o prato. No fundo do corredor, uma luz fraca rompe a escuridão e guia Rassul na direção de uma porta entreaberta. Encontra o jovem guarda fumando um baseado. Estende-lhe o prato, o outro agradece e lhe oferece uma tragada de haxixe.

— Faz oito meses que estou aqui. Você é meu primeiro e único prisioneiro. Não tinha nada melhor a fazer do que vir aqui nos aporrinhar?!... O que você fez? — pergunta, comendo um grande pedaço de pão.

— Eu matei.

— Matou seu pai?

— Não.

— Sua mãe?

— Não.

— Seu irmão?

— Não.

— Sua irmã?

— Não. Ninguém da minha família. Matei uma velha.

— Por vingança?

— Não sei.

Calam-se, dormentes, olhares perdidos nas volutas da fumaça que se erguem das asas calcinadas de uma coruja, vinda para honrar o clarão da lanterna.

Um raio de luz atravessa a janela, clareia parcialmente a parede manchada de umidade, destruída pelo tempo, coberta de escritos e desenhos dos prisioneiros. Um deles, um filósofo, rabiscou: *"Tudo acaba por passar"*, um outro, apaixonado sem dúvida: *"O amor não é um pecado"*, e um outro ainda, poeta:

"Sou eu, esgotado,
E de sonhos habitado.
O mundo inteiro no sono mergulhado.
Eu, incapaz de dizer-lhes; eles, incapazes de ouvirem."

Rassul os conhece. Já os ouviu, já os leu. Mas é o último que mais o intriga. É de quem? Quem o escreveu? Quando? Para quem?

Para mim.

Aproxima-se da parede, acaricia a escrita. Mas o barulho dos passos que ressoam no corredor endurece seus dedos sobre as letras. Alguém abre a porta, homens armados entram na cela, rostos ocultos pela sombra. Rassul se enrodilha sobre si mesmo, mas ergue-se ao ouvir uma voz conhecida:

— Como vai nosso *watandâr*? — É Parwaiz, acompanhado de dois homens e do escrivão. Rassul dá um pulo.

— Salam! — Parwaiz, surpreso em ouvi-lo:

— Ora! Você reencontrou sua voz?

— Sim, há dois dias.

— Enfim, você pode me contar tudo, então. Quero ouvir tudo de sua própria boca.

— Vim me entregar à justiça.

— O escrivão me contou — diz Parwaiz. Rassul continua sua narrativa:

— Na noite em que me levaram até você, eu havia acabado de cometer um assassinato.

Deixando a cela, o comandante faz sinal a Rassul para segui-lo.

— Os acontecimentos jamais coincidem por acaso! Por que matou?

— Por quê? Não sei.

Parwaiz para, encara-o:

— Assim como todos nós!

— Talvez. Mas... — Ele se detém. É a ocasião para o escrivão intervir:

— Comandante *sahib*, ele a matou para salvar sua noiva.

— O que ela fez à sua noiva? — pergunta Parwaiz a Rassul, que tem dificuldade em se expressar sobre esse assunto. Tem vergonha. Mantém um longo silêncio. — Ela queria levá-la...?

— Sim.

— Você fez bem, então — diz Parwaiz com uma convicção tão forte que paralisa Rassul e leva o escrivão, que estava atrás dele, a dar uma gargalhada. Rassul para. Pensa, fiz bem? Também não me leva a sério, ele, o chefe da segurança, um mudjahid, um homem de justiça. Depois diz:

— Como, fiz bem? Foi um assassinato, um assassinato premeditado... — e, diante do silêncio de Parwaiz, cala-se novamente.

Entram no prédio onde fica o Departamento dos Arquivos da Justiça. Na entrada de um grande cômodo, o escrivão deixa-os, meneando a cabeça na direção de Rassul não para dizer-lhe até logo, mas: "Que idiota!"

Parwaiz se joga em uma poltrona desconjuntada e exausta e convida Rassul a sentar-se diante dele. Continua como se nunca houvesse parado de falar:

— Em seu lugar, teria feito a mesma coisa.

— Mas isso de nada serve, não pude mudar nada nem na minha vida nem na vida da minha noiva. Não fiz bem algum a ninguém. Há mais sofrimentos que vantagens.

— Para fazer o bem, é preciso antes sofrer.

— Pior ainda. Minha vida se tornou um inferno. Perdi minha noiva e o dinheiro... Um crime em troco de nada... Mesmo o cadáver desapareceu. Todo mundo pensa que *nana* Alia foi embora. Diga-me, existe um crime mais ridículo?

— Antes, diga-me por que não foi até o fim de seu crime.

— É justamente a pergunta que me faço. Talvez porque eu não tenha podido...

— Ou porque não quis. Porque você não é um bandido. É um homem justo.

— Foi também o erro de Dostoiévski.

— O erro de Dostoiévski? Que mais ele lhe fez, o seu grande autor?

— Ele me proibiu de concluir meu ato.

— Como assim?

— Eu mal levantara o machado para descê-lo sobre a cabeça da velha quando a história de *Crime e castigo* atravessou meu espírito. Ela me fulminou... Dostoiévski, sim, é ele! Ele me proibiu de seguir o destino de Raskólnikov, de me tornar presa de meus remorsos, de mergulhar no abismo da culpabilidade, de acabar na prisão...

— E onde você está agora?

Rassul abaixa a cabeça e murmura:

— Não sei... Em parte alguma.

— Rassul *djân*, você lê demais. Está bem. Mas saiba uma coisa: seu destino está escrito em somente um livro, o *Lawhé Mahfuz*, o livro oculto, escrito por... — ele aponta seu indicador na direção do teto, onde algumas moscas esvoaçam. — Os outros livros não podem mudar nada nem no mundo, nem na vida de ninguém. Olhe. Dostoiévski pôde mudar alguma coisa em seu país? Conseguiu influenciar um certo Stalin?

— Não. Mas, se não houvesse escrito esse livro, talvez ele mesmo tivesse cometido um crime. E concedeu a mim essa consciência, essa capacidade de julgar a mim mesmo e de julgar Stalin. Já é muita coisa. Não é?

— Sim, é muita coisa — faz Parwaiz, fechando-se num longo silêncio. Depois diz: — Essa é a razão por que o parabenizo por seu julgamento e por seu ato! — sorri, — você eliminou um elemento nefasto da sociedade. A morte dessa mulher deve ter aliviado muitas pessoas. De resto, essa é a razão do desaparecimento de seu cadáver. Talvez tenha sido sua própria família. E, se você não a houvesse assassinado, alguma outra pessoa o teria feito; Alá teria feito isso; um míssil teria caído sobre sua cabeça... quem sabe! Então você deve admitir que fez o bem a várias pessoas...

— E eu?

— O que tem você?

— O que eu ganho com isso?

— Você deve reconhecer que fez algo importante: fez justiça.

— A justiça! Mas que justiça? Quem sou eu para decidir sobre a vida e a morte de alguém? Matar é um crime, o mais odioso que um ser humano pode cometer.

— *Watandâr*, o assassinato é um crime quando a vítima é inocente. Essa mulher merecia ser punida. Havia feito mal a sua família, a seu *nâmuss*. Ela o havia desonrado. O que você fez chama-se vingança. Ninguém tem o direito de julgá-lo como assassino. Bem, isso é tudo.

— Comandante, meu problema não é saber como os outros me julgam; meu problema sou eu. Este sofrimento que me corrói por dentro, como uma chaga, uma chaga aberta, incurável.

— Neste caso, você tem apenas duas soluções: ou amputar seu membro ferido, ou habituar-se à sua dor. — Ele tira seu *pakol*, vira a cabeça e lhe aponta um lugar na parte de trás de seu crânio: — Olhe aqui.

Rassul se inclina para a frente e olha.

— Toque.

Rassul aproxima sua mão, receoso; seu dedo tateia o crânio de Parwaiz.

— Sente alguma coisa? — Rassul hesita antes de responder, depois retira bruscamente sua mão. — Sabe o que é? É um estilhaço de obus. — Parwaiz recoloca seu *pakol*. — Faz anos que está aí, enfiado lá dentro. Foi durante a *djihad*. Eu viera para casa ver minha mulher e meus filhos. Os russos sabiam de nossa chegada à aldeia e a bombardearam. Um míssil atingiu nossa casa. Uma grande explosão martirizou minha família, e um pedacinho ficou no meu crânio. Jamais quis retirá-lo. Quis viver com isso. Para que a dor me impeça de esquecer a morte de meus próximos. Esse obus me devolveu a força e a esperança na *djihad*. Um médico francês me disse que era preciso retirá-lo, que eu não poderia viver mais de dez anos com ele. De todo modo, não quero viver mais de dez anos. — Um riso estrepitoso para dar alguma cor a seu amargo desejo. — Você também tem um obus, um obus interior, uma chaga interior, uma chaga que lhe deu força.

— Força para quê?

— Força para viver e fazer justiça.

Um jovem lhe traz o café da manhã. O comandante lhe pede notícias de Jano.

— Nenhuma novidade a seu respeito. Ainda não foi encontrado...

— Mas como? Ele não desapareceu na natureza! Procurem-no por toda parte!

— Eu o encontrei há quatro ou cinco dias — interrompe Rassul.

— Onde?

— Convidou-me para tomar chá na *tchaykhâna* de Soufi. Lá ele encontrou alguns mudjahidin com os quais, durante a *djihad*, foi enviado pelo senhor para realizar uma operação contra uma base militar soviética.

— Você se lembra de seus nomes?

— Eram os homens do comandante Nawroz, acho. — Parwaiz inquieta-se cada vez mais. Preocupado, pede ao jovem para ir à *tchaykhâna* de Soufi e conseguir informações. Após um momento de reflexão, prossegue: — Tomemos o caso de Jano. É meu filho adotivo. Os russos destruíram sua aldeia, massacraram sua família. Mas ele tem a força de viver de um leão. E isso justamente por causa de sua sede de vingança — e deixa Rassul refletir sobre essas palavras.

— Suas próprias chagas são ferimentos infligidos pelos outros. Mas a minha chaga fui eu mesmo quem a provocou.

Ao invés de redobrar minha força, ela me sufoca, não me leva a parte alguma. Às vezes, acho que quis assassinar essa velha apenas para saber se eu era capaz de matar, assim como os outros... — Baixa a cabeça. Enquanto Parwaiz lhe serve chá, prossegue como se falasse consigo mesmo: — Vi que não foi por isso. Outro dia, quis matar uma outra pessoa e não consegui...

— Talvez porque fosse inocente?

— Inocente? Não sei. Mas havia insultado minha noiva, expulsara-a do mausoléu Shahé do Shamshiray Wali.

— Isso é tudo? — Põe o chá diante de Rassul. — Você não pode matar sem razão.

— Talvez eu quisesse matar para dar um fim ao meu crime fracassado.

— E esse assassinato também seria fracassado, porque você o teria cometido sem razão.

— Acho que é sempre assim. Recomeçamos um trabalho na esperança de poder esquecer o precedente, que julgamos fracassado... Assim perduram os crimes, uma espiral infernal. É por essa razão que me entreguei à justiça, para que um processo coloque um ponto final a tudo isso.

— *Watandâr*, você bem sabe que um processo só tem sentido se existe uma lei, aquela que faz com que os direitos sejam respeitados. O que restou hoje da lei e do poder?

— Você também está atrás de vingança?

— Talvez.

— *Olho por olho, e o mundo acabará cego*, dizia Gandhi.

— Ele tinha razão. Mas não importa o que se faça, a vingança está ancorada em nós. Tudo é vingança, mesmo um processo.

— Então a guerra nunca irá acabar.

— Irá acabar no dia em que um dos lados se decidir pelo sacrifício e não mais reclamar vingança. Daí vem a necessidade do luto, do luto por seus atos, por seu crime, por sua vingança. E até luto pelo sacrifício. Mas quem pode fazer isso: ninguém. Nem mesmo eu.

Parwaiz tem consciência de tudo. É capaz de tudo. Não o largue mais. Cabe a você despertá-lo, conduzi-lo a sua missão. Falta-lhe apenas um sacrifício, um cúmplice. Você fará esse papel.

— Quero que a justiça inicie um processo contra mim. Quero ser sacrificado. — Silêncio novamente. É o olhar de Parwaiz que o condena ao silêncio. Um olhar admirado e interrogativo. Rassul continua: — Com esse processo, acabarei com meu sofrimento... Ele me dará oportunidade de expor minha alma àqueles que, como eu, cometeram assassinatos...

— Por favor, pare de se tomar pelo personagem de Dostoiévski. Seu ato tem sentido apenas para si mesmo e em sua sociedade, em sua religião.

— Mas o que despertou o Ocidente foi justamente o sentido de responsabilidade nascido do sentimento de culpabilidade.

— *Mâshâllah!* — Parwaiz agita-se, derrubando seu chá. — Que Deus seja louvado por haver lhe dado esse sentimento de culpabilidade, caso contrário o que seria do mundo! — e explode em uma risada sarcástica. — Você, na verdade, quer se sacrificar por seus fantasmas.

— Prefiro sacrificar-me por meus fantasmas a sacrificar os outros. Quero que com minha morte...

Tiros, não distantes do *Wellayat*, os interrompem. Parwaiz, servindo-se de mais chá, aguarda o desenrolar.

— Quero que minha morte seja um sacrifício...

— O país não precisa de mais mortos, de *shahids*...

— Ah, não, não quero ser um *shahid*...

Pare, Rassul! Você já foi longe demais.

Ainda tenho coisas a lhe dizer.

Coisas já ouvidas mil vezes!

Sim, mas não por ele. Ele pode me compreender. Ele sabe que a existência de Alá não precisa de testemunhas, de mártires.

Se ele sabe, é inútil falar disso. Termine sua pregação:

— Quero que meu processo, meu julgamento, seja um testemunho destes tempos de injustiça, de mentira, de hipocrisia...

— *Watandâr*, então, neste caso, é preciso iniciar o processo de toda a nação.

— Por que não? Meu processo serviria para dar início aos processos de todos os criminosos de guerra: os comunistas, os senhores da guerra, os mercenários...

Um longo silêncio se faz. Parwaiz não bebe mais seu chá. Está longe, lá onde seu olhar se perde. Longe. Muito longe. Além do dia convidativo que surge na janela. Depois, subitamente, levanta-se.

— *Watandâr*, retome a sua vida, junte-se a sua família. Vá embora! Aqui, esta guerra suja, como todas as guerras, tem suas leis, suas regras.

Rassul levanta-se também.

— Mas o senhor pode mudar as regras.

Parwaiz olha-o longamente, estende-lhe a mão.

— Eu lhe darei um sinal quando isso ocorrer. *Ba amâné Khodâ*. Volte para casa!

Ele não ousa entrar em seu quarto, de onde escapam gritinhos e risadas. Não ousa quebrar essa alegria que reina em sua casa. Abre a porta silenciosamente. As filhas de Yarmohamad e duas outras crianças brincam com seus livros, construindo casas com eles, umas sobre as outras. As bonecas em suas mãos inocentes pulam de um andar para outro:

— *Khâla, khâla*, me passe o fogo!

— Não tenho, vá lá em cima!

— *Khâla, khâla*, me passe o fogo!

— Não tenho, vá lá em cima!

— *Khâla, khâla...*

Essa alegria distrai Rassul, que permanece na soleira, recusando-se a destruir esse mundo onde ninguém tem fogo. Ele deixa as crianças brincarem com seus sonhos. Desce a escada. Nenhum sinal de Yarmohamad, nem de Rona. Sai à rua, que está vazia. O sol, insolente, penetra na pele, faz ferver o sangue, suscita estranhas sensações, estranhos sentimentos e uma desolação interior.

O corpo todo é uma ruína pesada.

O corpo todo precisa de éter.

Precisa de cânhamo, de novo e sempre.

Não há ninguém na *sâqikhâna*, a não ser Mostapha, recurvado num canto, ao lado de um narguilé apagado.

— Salam! — lhe diz Rassul.

O outro, sonolento, ergue-se ligeiramente, mexe a cabeça em sinal de resposta e pergunta, como para fazer uma homenagem a seu amigo Jalal:

— A guerra já começou?

— Não — diz Rassul. O outro o convida a sentar-se.

— Você tem um *tali* de haxixe?

— Se tivesse um, não teria vindo aqui.

Mostapha levanta-se com muita dificuldade e, dizendo:

— Todo mundo foi embora depois da morte de *kâka* Sarwar... — vai para o outro canto da sala.

— Ele morreu?

— Sim, mataram-no. Um dia, inebriado a não poder mais, foi à mesquita, subiu no púlpito, pegou o microfone para recitar o versículo 18 do Corão. Você sabe, o versículo que ele adorava citar. A história de *Yâdjûdj* e *Mâdjûdj* — retira um tijolo da parede —, estávamos aqui. Nós o ouvíamos. Escutamos os tiros que deram nele. — Coloca sua mão no buraco, escava; depois, com um gemido abafado, retira-a. Segura pela cauda um escorpião, que ele joga no forno do narguilé. — Só nos resta isso para fumar — escarnece tristemente. Pega uma brasa e põe fogo no animal. Olhos fechados, aspira a fumaça, que mantém por bom tempo em seus pulmões. Passa a Rassul a ponta do narguilé, antes de voltar a se enovelar em seu canto. Hesitante, Rassul dá uma rápida tragada, depois uma segunda, mais longa. Ela queima como se ele houvesse ingerido o escorpião com seu veneno. Sua garganta se fecha. Suas veias agitam-se como pequenas serpentes que tentam picar sua pele para fugir. Solta o narguilé, apoia-se na parede e se levanta. Tudo gira. Tudo soçobra. A porta está a dois passos, mas ele leva uma eternidade para chegar até ela.

Do lado de fora, o sol está sempre lá, sobre os nervos, duro e desolador. Rassul, cada vez mais inebriado pelo veneno, vai embora.

Onde está a sombra?

Onde está a doçura?

Onde está Souphia?

É sempre na embriaguez que você pensa nela.

Não, em meu abismo poético.

Ou em teus abomináveis suplícios. Apenas por isso você a ama.

Chega em frente a sua casa. Quer bater, mas sua mão permanece suspensa, como seu pensamento.

O que você quer dela?

Nada.

Recua.

Mas quero apenas lhe falar.

O que mais tem para lhe dizer? O que lhe disse até hoje? Nada. Com ou sem voz, você não tem nada a dizer, nada a fazer, a não ser ruminar suas ideias gastas.

Não, desta vez não vou repisar eternamente a mesma coisa. É uma promessa. Eu a levarei, como da outra vez, à colina de Baghébâlâ, aos vinhedos, para que nosso amor domine Cabul. Eu lhe direi que é muito bela. Ficará vermelha. Eu me lançarei a seus pés e lhe direi que me prostro diante dela não somente por sua beleza inocente mas também por seu sofrimento. E ela me dirá que faz muito tempo que eu não lhe dizia coisas tão ternas. Eu lhe direi que tinha muitas coisas a lhe dizer, mas que a guerra não nos deu tempo para isso. E a beijarei. Estenderá sua mão para pegar a minha. Eu lhe pedirei para ir embora comigo. Para longe. Muito longe. Para um vale muito bonito, onde ainda ninguém sabe falar, onde ainda nenhum ser experimentou o mal. Um vale chamado vale das *Crianças Reencontradas*.

Um barulho de passos ressoa no átrio da casa, afastando Rassul da porta. Saem duas mulheres usando *tchadari* e, sem lhe dar atenção, desaparecem numa outra ruela. Quem eram?

Souphia e sua mãe?

Não me viram. Ou então não me reconheceram. Não existo. Não sou mais nada.

"Souphia!" O grito não sai mais, perde-se nas cordas vocais. Como antes. Apoiado na parede, deixa-se escorregar até o chão. Abraça suas pernas dobradas. Deita a cabeça. Fecha os olhos. E permanece assim por alguns instantes, uma eternidade.

Aqui ficará.

Aqui morrerá.

Aqui.

Faz anos e anos, uma eternidade, que está aqui, ao pé da parede.

Faz anos e anos, uma eternidade, que espera Souphia.

E Souphia nunca o vê, nunca o reconhece...

— Rassul? — A voz de Daoud faz com que levante a cabeça. O garoto, com uma lata de gasolina na mão, está de pé diante dele. — Bom dia, Rassul.

— Que surpresa! Você não está no telhado?

— Você pensa que minha mãe me deixa trabalhar tranquilamente. Souphia está quase o tempo todo fora.

— Está trabalhando?

— Sim. Continua na casa de *nana* Alia, que desapareceu, e Nazigol tem medo de ficar sozinha. Souphia passa o tempo com ela, mesmo de noite. Mas, de tempos em tempos, volta para nos ver. — Põe a lata de gasolina no chão. — É pesada... E você, não vem mais nos ver?

— Estou aqui, como vê.

O garoto esfrega as mãos, pega a lata novamente:

— Preciso ir, minha mãe está me esperando — aguarda que Rassul se levante — você vem?

— Gostaria de ver Souphia.

— Ela está aqui.

— Acho que saiu.

— Talvez. Venha tomar um chá.

— Não, um outro dia.

Mal Daoud entrou em casa, Rassul, após um instante de hesitação, bate na porta. Daoud abre.

— Não diga nem a Souphia nem a sua mãe que estive aqui. — O jovem faz sinal de sim com a cabeça, olhos baixos, como para desviar sua tristeza para seus pés, no chão. Fecha a porta e leva consigo o desespero de Rassul.

Rassul se põe a caminho, mas, três passos depois, para, pega o dinheiro.

Não preciso disso.

Volta novamente e bate na porta. E é novamente Daoud quem abre. Rassul lhe entrega todo o dinheiro:

— E também não diga nada em relação a isso. Dê a Souphia. Diga-lhe que você ganhou vendendo os pombos! — Estupefato uma vez mais por ter tanto dinheiro nas mãos, o jovem permanece paralisado no vão da porta até Rassul desaparecer na poeira que uma caminhonete levanta.

De volta para casa, Rassul não cruza nem com Yarmohamad, nem com sua mulher.

Como esperava.

Entra no quarto. As crianças foram embora. Há apenas moscas em torno do prato de queijo e uvas-passas. O guardanapo que o cobre está agora inteiramente preto, preto de podridão. Sua cama, como de hábito, está desfeita, indiferente. Essa indiferença devora os livros, espalhados por toda parte, os lençóis manchados; as roupas sujas empilhadas num canto; a moringa vazia, jazendo por terra...

Por que tudo está indiferente ao meu retorno?

Pega um copo.

Tudo me ignora.

Joga o copo sobre o colchão. Através da janela, olha o pátio vazio, vazio dos gritos das crianças.

Nada o reconhece mais.

Despreocupado, um camundongo atravessa o cômodo.

Como poderei viver em meio a esta indiferença da qual meus objetos me dão prova?

Empurrando o travesseiro com o pé, permanece um longo momento no meio do quarto.

Não há nada pior do que não pertencer a seu próprio mundo. Nenhum objeto quer me possuir.

Ninguém quer me julgar.

Essa concordância, que lava a consciência de todos, me priva de meu crime, de meu gesto, de minha existência.

E isso irá continuar enquanto continuar o mistério de meu ato. Preciso encontrar o cadáver de *nana* Alia.

— Matar para existir é o princípio de todas as mortes, meu caro Rassul — diz o escrivão, deslizando os dossiês sob seu braço; e, com um passo apressado, dirige-se à saída do Departamento dos Arquivos. Rassul o segue.

— Não quero mais teorias, peço simplesmente que me ajude a solucionar esse mistério.

O escrivão para de forma decidida:

— Você me toma por um detetive? Não está em um filme policial, nem em um romance de... Agatha... Christie! Vá ver seu protetor, o comandante Parwaiz.

— Fui vê-lo. Mas ele está muito preocupado e abalado com o desaparecimento de seu filho adotivo. Dizem que o assassinaram, que lhe cortaram a cabeça...

— A *dança dos mortos*!

Calam-se. À saída do edifício, Rassul o detém:

— Só você pode me ajudar. Conhece muitas coisas. Deve ter tratado de muitos casos, ouvido muitas histórias...

— Sim, de fato. Mas nenhuma como a sua! Em todo caso, não posso fazer nada.

— Pode, sim. Ajude-me a encontrar o cadáver de *nana* Alia.

— Mas qual é seu interesse neste cadáver filho da puta?

— Provar que matei.

— Não precisa prová-lo. Todo mundo sabe que você matou. E, se quer sair pelas ruas arrastando um cadáver, então mexa-se! Nesta manhã mesmo, no cemitério de Dehafghanan, descobriram três cadáveres decapitados, completamente decompostos, que haviam escondido num túmulo. Vá adiante, diga-lhes que foi você quem os matou!

Rassul não diz mais nada.

Após chegarem ao pátio do *Wellayat*, são interpelados por um guarda do *Qhâzi sahib*, que, vendo Rassul, pergunta:

— O que faz aqui?

— Ontem o comandante Parwaiz falou com o *Qhâzi sahib*, tudo está certo — responde o escrivão, depois dirige-se a Rassul: — Falaremos de seu pedido um outro dia. Agora salve-se!

— Sim, mas... não sei para onde ir.

— Volte para casa, meu jovem!

O guarda se interpõe:

— Não, espere! Ele é prisioneiro aqui.

— Não mais.

— Como não mais? O juiz o procura. Como pode sair sem sua autorização? — E empurra Rassul com sua arma: — Vamos, mexa-se!

Pasmo, o escrivão se aproxima de Rassul e lhe cochicha na orelha:

— Mas você é completamente louco! Sua cabeça sente o *qhorma*! Deveria ter ficado calado, o mundo ficaria tranquilo.

— Voltei para casa, mas tudo se recusava a me reconhecer, tudo se desprendia de mim, meus livros, minha cama, minhas roupas... Tudo me rejeitava. Fui à casa da minha noiva. Ela também não me reconheceu mais...

— Não se aflija! Aqui todo mundo o reconhece — diz o guarda que agora segura Rassul pelo braço e não o solta mais. A passos largos, leva-o à sala do *Qhâzi sahib*. Sua entrada assusta um pombo que ciscava na mesa do juiz. Agita-se, voa por toda parte e, em pânico, se choca contra os vidros, depois voa para a porta. O *Qhâzi* grita:

— Fechem essa porta, rápido! — Depois, mostrando o pombo: — Não deixem que a prova material escape! — O guarda precipita-se para fechar a porta. Percebendo Rassul, o juiz se enfurece e pergunta ao guarda e ao escrivão:

— Onde ele estava?

— *Qhâzi sahib*, ele tinha abandonado sua cela! — diz o guarda. O que deixa o *Qhâzi* furioso:

— Como abandonado sua cela? Quem deu ordem? — O escrivão balbucia:

— O comandante Parwaiz o tinha convocado, ele...

— Quem é o *Qhâzi* aqui? Ele ou eu? Suma com ele! Que volte para sua cela! Acorrentem-no!

Dois homens, sentados diante da mesa do juiz, voltam-se para Rassul. Um é o guarda do mausoléu Shahé do Shamshiray Wali; o outro, um velho, aquele que dava trigo aos pombos do mausoléu. Ao ver Rassul, eles se sobressaltam. O velho se precipita na direção de Rassul:

— Não, *Qhâzi sahib*, não, esse jovem é minha testemunha. Ele estava no mausoléu, ele me viu... — Surpreso, o juiz faz sinal para reterem Rassul; depois apontando o velho, agora em pé ao lado de Rassul, dirige-se ao escrivão:

— Antes de tudo, é preciso constituir um dossiê para este aqui.

— Por qual delito?

— Roubo de pombos, os do mausoléu — responde o juiz, e o guarda do mausoléu faz um sinal de aprovação:

— Ele vinha alimentá-los todos os dias, com trigo — volta-se para o juiz — o senhor sabe, com trigo! — depois para o escrivão — dar trigo é pecado. Além disso, roubava os pombos. Sabe por quê? — dirige-se novamente ao juiz — para grelhá-los e comê-los. Seus vizinhos me disseram. Eles me disseram que sentiam o cheiro do grelhado na casa dele, todos os dias...

— Jamais comi pombos grelhados. *Lâhawlobellah!* Os pombos do mausoléu Shahé do Shamshiray Wali? *Lâhawlobellah!* Ele está mentindo! — grita o velho, dirigindo-se para o guarda: — Você sabe que a calúnia é um dos maiores pecados?

— Então o que esse pombo fazia no seu bolso? — pergunta o guarda do mausoléu, depois diz ao *Qhâzi*: — Eu mesmo o encontrei em seu bolso. — O pombo voa no cômodo. O velho, apatetado, aproxima-se do juiz:

— Ele ciscava em meu bolso. Os pombos do Shahé do Shamshiray Wali me adoram, confiam em mim. Olhe! — ele assovia, o pombo voa em sua direção e pousa em seu ombro — ele confia em mim — depois suplica ao guarda — não minta, irmão! Você é o guarda do mausoléu, não tem vergonha, diante do *Qhâzi sahib* e diante de Alá, de acusar sem razão um irmão muçulmano? — e suplica a Rassul: — Você me viu noutro dia. Diga-lhes o que eu fazia lá...

— Esse jovem também está envolvido nesta história? — pergunta o *Qhâzi*. Rassul avança um passo para dizer:

— Eu o vi apenas uma vez, dois ou três dias atrás. Minha noiva e eu fomos rezar. E eu...

— *Qhâzi sahib*, você tem razão — intervém o guarda do mausoléu —, eles são cúmplices. Esse homem veio armado para roubar o dinheiro das esmolas, ele também queria me matar...

— Por que está mentindo? — grita Rassul, avançando em sua direção. O guarda o impede. — Sim, fui lá para matá-lo, mas não para roubá-lo. Apenas para me vingar, mas não pude...

— Você está em toda parte! Quem é você, o que é você? — diz o *Qhâzi*, inclinando-se sobre sua mesa.

— *Qhâzi sahib*, permita-me dizer-lhe — intervém novamente o guarda do museu, levantando-se. — É um...

desculpe-me, *Qhâzi sahib* — que Alá me encha a boca de poeira! —, esse homem é um rufião. Sim, ele veio ontem ao mausoléu, com uma... desculpe-me, *Qhâzi sahib* — que Alá me encha a boca de poeira! —, com uma puta. Eu a expulsei; e ele, ele queria apoderar-se do dinheiro do mausoléu. Eles não vieram para rezar, estavam lá apenas para roubar! — O pombo voa à sua frente. O juiz ataca Rassul:

— Com uma mulher impura? *Fitna!* Você sabe que é por causa de uma mulher impura que o santo Shahé do Shamshiray Wali, cujo túmulo sagrado permanece no mausoléu, perdeu a vida. — Vira-se para os outros. — Dizem que o santo, mesmo decapitado pelo inimigo, lutava com valentia, uma espada em cada mão. E, quando chegou a Cabul, uma mulher impura lançou um mau-olhado sobre ele. O santo se abateu e expirou. No Hadiz está escrito: *"Não deixe penetrar nenhuma alma impura no interior de um lugar sagrado."* E ele leva uma alma impura a esse lugar sagrado! O outro rouba pombos! O que vocês fazem com o Islã? — dirige a palavra ao escrivão: — Escreva, escreva que o castigo reservado aos ladrões lhe seja infligido — apontando o velho, acusado de roubo de pombos no espaço sagrado do mausoléu. — Que lhe cortem as duas mãos. — O velho, aterrorizado, abre a boca, incapaz de falar. O pombo deixa seu ombro, esvoaça, contorna o cômodo e volta para se colocar na mesa do *Qhâzi*. O escrivão aproxima-se do juiz, cochicha em sua orelha:

— *Qhâzi sahib*, permito-me lembrá-lo que, segundo a *charia*, a amputação de um indivíduo que roubou um bem sem proprietário, em lugar público, não é uma sanção válida.

— Por qual razão?

— *Qhâzi sahib*, perguntaram ao imã Ali se a sanção de amputação era aplicável a um ladrão de animais que não pertenciam a ninguém e em um lugar público, o santo respondeu negativamente.

— Você quer me dar uma lição de *charia*?

— *Astaghfrollah!* Era simplesmente uma lembrança, venerável *Qhâzi sahib*.

— Então eu também o lembro de uma coisa: aqui, o *Qhâzi* sou eu. E ordeno que as mãos deste homem sejam cortadas. — O escrivão estende uma folha e uma caneta ao juiz:

— Então peço-lhe, *Qhâzi sahib*, para escrever isso de seu próprio punho.

— Você também, você me desobedece? E, além do mais, me falta com o respeito?

— Longe de mim qualquer pensamento desrespeitoso, venerável *Qhâzi sahib*. Temo que, no dia em que não estiver mais aí — que Alá vos guarde são e salvo neste mundo! —, acusem-me de haver escrito uma ordem contra a *charia*.

— Contra a *charia*? Minha ordem é contra a *charia*? Para fora! Junte suas coisas e suma daqui, tão rápido quanto uma bala!

O escrivão quer falar, mas o juiz faz sinal ao guarda para jogá-lo para fora. O velho aproveita-se dessa ocasião para pôr-se de joelhos e suplicar ao *Qhâzi*. Mas este o interrompe bruscamente:

— Cale-se, cale-se! Julgar sob cólera não é recomendado — depois a um dos guardas: — Ponha-o na prisão e traga-o amanhã!

O guarda sai com o velho, o guardião os segue. Rassul fica.

— Trouxe as joias? — interroga o juiz. Avançando lentamente em sua direção, Rassul faz: Não.

— Como não! Por que deixou a prisão?

— Porque me disseram que eu não tinha mais nada a fazer aqui.

— Quem? — berra o juiz; depois, chamando o guarda, dá ordem de colocar Rassul novamente na prisão. — Na solitária! E amanhã, leve-o para a amputação, depois para a forca!

Atrás das grades, a aurora, silenciosa, hesita entre o cão e o lobo. Enquanto os muezzins convocam os fiéis para a prece, enquanto as armas da vingança acordam, enquanto Souphia em seu leito oprime sua inocência, enquanto Razmodin salva a honra da família em Mazar-é Sharif... Rassul esquece o mundo que o espolia. Está num canto da cela. Não espera ninguém. Não espera mais nada. Decide ficar mudo. E até surdo.

Sim, não ouço mais. Não falo mais.

"Não estamos aptos a falar
Se podemos apenas escutar!
É preciso dizer tudo!
E escutar tudo!
Mas
Nossas orelhas estão seladas,
Nossos lábios estão selados,
Nossos corações estão selados."

É preciso escrever esse poema aqui, nesta cela, gravá-lo na parede. Procura no chão um seixo, um pedaço de madeira. Não há nada. As unhas, então. Começa a traçar as palavras sobre a pintura descascada. Sente-se mal. Está mal. Apoia-se. Sangra. Continua escrevendo. Escreve até que passos se aproximem e parem diante de sua cela, até que um tinir de chaves ressoe no corredor, até que a porta se abra, que uma voz rouca se eleve e ordene: "Saia!" Então deixa de escrever e fica parado, impassível, olhar cravado nas palavras.

Dois homens armados penetram no cômodo, pegam-no pelo braço, levantam-no. Sem dizer palavra, conduzem-no até a sala de audiência. Atrás da porta, percebe-se um murmúrio, "assassino", "comunista", "dinheiro", "vingança"... As mesmas palavras ouvidas mil e uma vezes, e que outrora o espantavam ou divertiam, agora o tornam surdo. Não as ouve mais.

Abrem a porta.

Rassul entra.

E a sala fica muda.

Todos estão lá, sentados em cadeiras de madeira, todos em torno da sala. Todos barbados; todos usando turbantes pretos ou brancos; barretes, *tcharmah*, *qaraqol*, *pakol*... Todos olham para Rassul. Ele está calmo. Varre a sala com o olhar e se detém em Farzan, que, com seu eterno sorriso triste nos lábios, serve chá. Parwaiz também está presente, solitário em um canto, sombrio, desolado, nervoso; os olhos vidrados no chão. Ao lado de

Qhâzi, Amer Salam. Peito inchado. Suas mãos carnudas, apoiadas numa bengala, separam as contas de um terço. Ele mede Rassul, mexendo a cabeça, impossível saber se é para lhe dizer: "Cá estamos nós, enfim!", ou para fazer sua oração.

O *Qhâzi* bebe avidamente seu chá; os outros o imitam, ruidosamente. Farzan deixa a sala, lançando um último olhar, ainda mais triste, na direção de Rassul. O *Qhâzi* apoia seu copo e faz sinal a um novo escrivão, sentado a seu lado, para que a sessão comece. O escrivão levanta-se, fecha os olhos e recita uma surata do Corão. Terminada a surata, o *Qhâzi* pede a Rassul que avance:

— Apresente-se! — Rassul lança um olhar inquieto na direção de Parwaiz e permanece mudo. O juiz se impacienta: — Ordeno que se apresente! — Silêncio. Parwaiz levanta-se:

— Esse jovem está doente... não tem mais voz. — O *Qhâzi* se agita:

— Como não tem mais voz? Ontem estava bem. E, hoje, é incapaz de falar! — Dirigindo-se ao auditório: — Irmãos muçulmanos, vencemos o comunismo graça a nossa *djihad*. — De repente, todas as vozes se elevam: *"Allah-o Akbar"*, três vezes. E o *Qhâzi* prossegue: — Mas os ímpios, os remanescentes desse regime ainda agem em meio a nosso povo muçulmano e continuam com seus crimes, perpetuando o mal. Este indivíduo que veem aqui faz parte disso. Há alguns dias, assassinou selvagemente uma viúva sem defesa para roubar-lhe o dinheiro e as joias. Felizmente, os responsáveis pela segurança de nosso governo mudjahid, sob as ordens do irmão comandante Parwaiz, aqui presente, foram bem-sucedidos em prendê-lo.

Parwaiz está surpreso; seu olhar inquieto busca o de Rassul, que fixa o chão obstinadamente. Ele se precipita para tomar a palavra, mas o *Qhâzi* faz sinal ao escrivão para recitar uma nova surata do Corão. Todos se calam. Fim da recitação, e o *Qhâzi* prossegue:

— O acusado compreendeu o sentido deste 33º versículo da surata? — Rassul olha-o sem responder. — Em lugar de aprender o russo, você deveria ter aprendido a língua de Alá. Ímpio! Deus disse: *"O castigo reservado àqueles que fazem a guerra contra Alá ou espalham o mal sobre a terra é matá-los, enforcá-los ou cortar-lhes as mãos e os pés ou, ainda, exilá-los de sua terra natal."*

Os homens se esfalfam: *"Allah-o Akbar!"*, sempre três vezes. O juiz bebe um gole de chá:

— Rassul, filho de... Qual era o nome de seu pai? — Ele aguarda em vão, depois: — Pouco importa. Rassul, filho de..., adulto e são de espírito, admitiu haver assassinado uma viúva, no dia 16 *assad* 1372 da hégira solar, e haver roubado seu dinheiro e suas joias. O tribunal, portanto, o reconhece culpado por roubo e assassinato e reserva-lhe segundo a *charia* islâmica o castigo supremo, isto é, a amputação e depois o enforcamento...

Enquanto os homens recomeçam por três vezes *"Allah-o Akbar"*, um homem levanta-se e protesta:

— Não é justo!

Em resposta, outros gritos enchem a sala:

— É justo!

— É a lei da *charia*!

— Está justificado, justificado!

— Portanto, é justo!...

O reclamante tenta se fazer entender:

— É justo cortar as mãos, isso é justo... — Ele recita um versículo do Corão, o que faz silenciar a balbúrdia, e continua: — *Qhâzi sahib*, hoje, como disse, graças a Alá... — a sala: *"Allah-o Akbar..."*; o homem prossegue: — ... reina em nosso país a lei da *charia*, que é a própria essência de nosso Estado islâmico. Quer que sigamos essa lei? Então tudo deve ser baseado exatamente no *fiqh*. Antes de tudo, esse homem não tem mais voz...

— Sim, tem, esse *fitna* tem voz, mas faz de conta que não — diz o *Qhâzi*, depois dirige-se aos guardas: — Ontem, este *fitna* falava. Vocês estavam presentes.

— Sim, *Qhâzi sahib*. Somos testemunhas de que esse *fitna* de fato falava.

O *Qhâzi* volta-se para o homem e lhe pede:

— Portanto, não entre em seu jogo. Continue!

— De acordo, esqueçamos seu mutismo. Mas, já que a vítima é uma mulher, assassinada por um homem, segundo nossa sacrossanta lei o assassino não deve ser enforcado, porque o preço do sangue de uma mulher é a metade daquele de um homem.

Um outro levanta-se para protestar:

— Não é possível.

— É possível executar o assassino se os pais da vítima pagarem a outra metade do preço à família do acusado.

— Ou, ainda, o assassino é absolvido se entrega uma moça à família da vítima...

Novamente os gritos se elevam:

— Onde estão os pais da vítima?

— É preciso vingá-la!

— Se ela não for vingada, o sangue derramado pesará sobre nós.

— Olho por olho!

— Um instante, por favor! — pede o *Qhâzi*, que retoma a fala separando as contas de seu terço: — Há outras acusações, ainda mais graves. Faz alguns dias, um muçulmano, o guardião do mausoléu Shahé do Shamshiray Wali, revelou diante do acusado e de testemunhas que este *fitna* fora ao lugar santo em companhia de uma prostituta. Além disso, ameaçou o guardião com um revólver para roubar-lhe o dinheiro das esmolas. O assassino reconheceu diante de testemunhas que queria roubar o guardião.

— Este homem merece a morte — grita um dos homens.

— Ameaçar um inocente?! — exclama um outro.

— É pecado! — aprova a assistência.

— Matar o guardião do Shahé do Shamshiray Wali? *Lahawlobellah!*

— É um crime!

— É uma afronta a Alá e aos santos!

Diante de toda esta algaravia, Rassul não sente mais nada. Impassível. Só seu olhar pousa um momento sobre Parwaiz, que, silencioso, observa a assistência. As vociferações do juiz conseguem acalmar a sala:

— No início da audiência, não foi sem razão que disse a vocês que o assassino era um homem do antigo regime. Ele mesmo me confessou ter se desviado da Santa Religião.

Os gritos tornam-se frenéticos:

— Satã!

— Ímpio!

— Renegado!

— Merece a forca!

De novo a voz aguda do juiz domina a sala:

— Sim, irmãos, diante de vocês, veem um homem que, segundo o Corão, é um *fitna*, a encarnação do Mal sobre a Terra. Então deve ser-lhe infligido o castigo reservado pela *charia* aos ladrões e renegados. Portanto, sexta-feira de manhã, após o chamado às preces, no parque Zarnegar e em público, ele primeiro terá a mão direita e o pé esquerdo cortados; os membros serão colocados em estacas, à vista de todos. Em seguida, este *fitna* será enforcado e exposto por três dias, para servir de lição a todos. A prostituta que o acompanhava para denegrir o túmulo de Shahé do Shamshiray Wali será apedrejada. Assim, erradicaremos o mal de nossa pacata cidade...

"Allah-o Akbar!", três vezes.

Eis, portanto, teu processo, Rassul. Satisfeito?

Não ouço nada. O que dizem?

Nada.

Parwaiz, triste e amargo, aproxima-se de Rassul e dirige-se à assistência:

— Irmãos muçulmanos, admito que as propostas pertinentes do *Qhâzi sahib* são convincentes. Mas me permitirei fazer algumas observações. Não prendemos este homem, nem eu nem as forças da ordem. Ele veio por conta própria se denunciar.

— Por que veio por conta própria? Há uma razão! — exclama *Qhâzi sahib*, o peito inflado de arrogância.

— Sim, *Qhâzi sahib*, há uma razão. Quero lhes explicar — retoma Parwaiz. — Encontrei este jovem várias vezes. Na primeira vez, foram meus homens que o levaram a minha sala. Seu locador o havia denunciado pelo não pagamento do aluguel. Naquele dia, ele havia de fato perdido a voz. Era visível. E na última vez, quando recuperou a voz, veio me confessar ter matado uma mulher. Ele matou uma cafetina para salvar sua noiva de suas garras sujas. Considerando-se o personagem, me parecia necessário conduzir uma investigação e constatei que esse assassinato não tem nem vítima, nem testemunhas, nem prova. Não há nenhuma pista dele.

— Assim como todos os assassinos, este depravado destruiu todas as provas — diz o *Qhâzi*. Parwaiz vira-se na direção de Rassul:

— Se ele tivesse tal intenção, não teria vindo aqui por conta própria, *Qhâzi sahib*! Visto os assassinatos cometidos hoje nesta cidade, até uma criança é capaz de apagar todas as pistas de seu crime. Conseguimos prender os assassinos de nossas meninas? Encontramos uma pista desse assassino que envenenava sem piedade nossas mulheres e nossas crianças? — Ele se cala e deixa aos outros o tempo de se interrogarem e de tomarem consciência da atrocidade na qual vivem. São capazes de compreender aquilo que Parwaiz disse? — Agora, admitamos que tenha havido uma vítima. Não cabe a mim ensinar-lhes que, de acordo com nosso *fiqh*, existe homicídio quando a vítima é *ma'sûm ad-dam*, inocente e protegida. O que não é o caso nesta história. A vítima é uma cafetina, logo, passível de ser condenada ao apedrejamento. — Nenhum protesto. — O caso deste jovem, que se entregou à justiça por conta própria para ser julgado no âmbito de um processo público, me parece exemplar. É uma lição fulgurante. Se hoje cada um de nós, assim como este homem, colocasse em questão seus atos, nós poderíamos vencer o caos fratricida que reina hoje neste país.

— O que quer dizer com isso?

— Você compara os mudjahidin com esse *fitna*?

— Parwaiz, você também?

— Quem é você? Um mudjahid, um libertador, o guia de seu povo ou o advogado deste assassino e renegado?

— Para o inferno, Satã!

— Maldito seja, Parwaiz!

Parwaiz coloca-se no meio da sala:

— Não existe assassinato. Escutem-me, é um assassinato imaginário, a ilusão de um assassinato, apenas para colocar em questão os nossos atos!

— É um louco?

— Não, caros irmãos, não apenas ele não é louco como está totalmente lúcido, consciente, consciente até de suas ilusões. Nós é que somos loucos, nós é que não temos consciência alguma de nossos crimes! — Todos se levantam, berram. — Escutem-me! Este jovem lhes pede justiça por causa de uma ilusão... — Quanto mais Parwaiz se esfalfa, mais os homens se enfurecem. Finalmente, lançam-se sobre ele e o cercam. É o caos.

Rassul ri.

Não ria. Eles o colocarão no asilo de Aliâbâd, entre os loucos.

Mas, então, onde estou?

Na cela, está tudo escuro.

Uma mosca pousou em sua mão. Ele assopra; ela se agita, sai voando.

A imundície!

Por que tanto ódio e tanta fúria contra um animal tão pequeno?

Porque a mosca apenas irrompe neste mundo.

Ela não irrompe. Ela vive em seu mundo, porque ela é de seu mundo. É você que vem de fora. É você que irrompe em um mundo que não é mais o seu. Olhe-a, olhe com que ligeireza ela vive seu mundo.

Porque ela não tem consciência.

Ela não tem consciência porque não tem necessidade. Vive sua leveza, sua morte... simplesmente.

E ela volta a pousar sobre sua mão. Tenta se mexer, nenhum movimento em seu braço. É a corrente que o impede de levantar a mão, ou a mosca? É ela, a mosca, sem dúvida nenhuma. Ela o paralisa. Ela parasita seu mundo.

Estica o pescoço para aproximar-se do inseto, assopra novamente. Impossível. Seu corpo está duro, pesado, como uma pedra. Olham-se. Tem a impressão de que a mosca quer lhe dizer alguma coisa, em uma língua incompreensível. Palavras ritmadas, quase um canto: *Tat, tat, tat... tvam, tvam... asi...* Depois ela se mexe, voa e pousa na parede. Rassul pode então levantar sua mão, que ficou leve. As correntes se rompem sem nenhum barulho. Levanta-se para prender a mosca. Na parede, vê apenas sua imagem, como um afresco. Toca-a. A parede está quase líquida, penetrável. Sua mão atravessa-a. Ela não oferece resistência. A parede aspira-o. Agora todo seu corpo penetra nela. Uma vez lá dentro, Rassul fica quieto. Uma imagem na superfície da parede, parecida com a mosca cujo canto lacera o silêncio da parede. *Tat, tat, tat... tvam, tvam... asi...*

"*Allah-o Akbar!*", o chamado à prece desperta Rassul, arranca-o da parede do sono. Ele está lá, no chão, mãos e pés acorrentados.

A voz rouca do muezzin se apaga, e tudo mergulha no silêncio. A não ser o canto da mosca, que ainda continua a ressoar na cabeça de Rassul, religiosamente, *tat, tat, tat... tvam, tvam... asi...*, tranquilamente. Ela não o incomoda mais.

Nada o incomoda mais, nem esse barulho de passos que vibram violentamente no corredor e param atrás da porta, nem esta porta que jamais se abrirá de novo para alguém, a não ser para a morte.

Abrem a portinhola.

— Levante-se, você tem uma visita — diz o guarda. Rassul não se mexe. — Rassul! — É a voz e Razmodin. Rassul levanta-se lentamente e vê os olhos angustiados de seu primo. Aproxima-se da porta. — O que você fez desta vez? — Rassul ergue os ombros para dizer: nada grave. Mas Razmodin espera uma palavra, sua voz. Não ouve nada, como sempre. Fica nervoso. — Diga-me alguma coisa, merda! — Suas palavras ressoam no corredor. "Ei, cuidado!", grita o guarda. — Eu estava em Mazar. Trouxe Donia e sua mãe. Fomos diretamente a sua casa, você não estava lá. Levei Donia e minha tia ao hotel. Vasculhei a cidade inteira à sua procura. Ninguém sabia onde estava, nem Souphia, nem Yarmohamad... Todo mundo está preocupado. Por fim, os homens de Parwaiz me deram pistas suas... — Ele se detém, esperando ouvir Rassul, uma vez que seja. Em vão. Continua: — Por que inventou uma história como essa? Perdeu a cabeça? — Rassul permanece impassível. — Faça alguma coisa antes que seja tarde demais, por sua mãe e sua irmã, por Souphia... — Afasta-se da porta para confabular com o guarda: — Irmão, me deixe entrar na cela.

— Não, é proibido.

— Por favor. Terá uma recompensa. Tome!

— Não... mas... então, apenas por um minuto.

— Prometo.

A porta se abre, Razmodin entra.

— Não pude dizer nada a minha tia... Você sabe o que ela irá viver se souber de sua prisão... — Pega Rassul pelos ombros e o chacoalha. — Como lhes dizer? Quer que sua mãe tenha um ataque cardíaco? Quer que Donia e Souphia fiquem loucas de dor? Por que você é tão egoísta? — Tudo acabou, Razmodin, tudo. Rassul não tem mais ego, nem orgulho. Ele é o próprio abandono. — Amanhã você será enforcado! — Quando mais rápido for, melhor será, Rassul poderá pensar em outras coisas! — Por que troça de mim? — Ele não troça de você, ele ri, simplesmente. Ri para os anjos da morte. — Por que não quer levar a vida a sério? Você parece um egresso de Aliâbâd! — Sério, além disso? Amanhã será um belo dia para ele, acredite, todo mundo virá, todo mundo. Que bela morte!

Sim, quero enfim viver minha morte, com leveza.

Desencorajado pelo olhar zombeteiro e pelo silêncio alegre de Rassul, Razmodin se levanta.

— Vou procurar sua mãe e Donia. Talvez elas o façam mudar de ideia.

Rassul se levanta e o proíbe. Faz não com a cabeça, com olhar suplicante, como para dizer: "Não, Razmodin, deixe-as tranquilas!"

Enfrentam-se, olhos nos olhos. "Se não souberem hoje, saberão amanhã."

Depois da minha morte, isso é indiferente para mim.

— Mas por quê? Tudo isso porque você matou uma cafetina de merda? — diz Razmodin, inclinando-se em sua direção. — Olhe em torno de você, só há assassinos! Os homens de Parwaiz morriam de rir enquanto me contavam isso!

Tanto melhor se faço as pessoas rirem, ainda que com meu crime!

Razmodin ajoelha-se:

— Você ainda acha que um processo pode mudar este país de merda? Está sonhando, meu primo. Sonhando... — Reprime um soluço, levanta-se, pega Rassul pelos ombros e o chacoalha uma vez mais: — Volte a si, já basta, volte a si! Abandone seus devaneios! — Rassul fecha os olhos. Suas mãos acorrentadas se mexem, hesitam, depois agarra-se a seu primo.

Voltei a mim, Razmodin.

Permanecem um longo momento um contra o outro, até que o guarda chega:

— Irmão, você tem que ir embora. É hora de seu jantar.

Razmodin deixa Rassul. Olham-se nos olhos uma última vez:

— Não vou abandoná-lo. Irei ver o juiz, todo mundo. Não o deixarei destruir sua vida.

Determinado, mas preocupado, deixa a cela. O guarda fecha a porta, depois a portinhola.

Uma mosca passeia pela parede.

Tat, tat, tat... tvam, tvam... asi...

De onde saem essas palavras insignificantes? Ele sem dúvida já as ouviu em algum lugar. Talvez em um filme indiano. Pouco importa. É tranquilizador. Elas embelezam essa mosca imunda.

Rassul assovia o canto para não ouvir mais o mundo lá fora.

E não ouve nada. Nem o motor de um carro que para perto da janela. Nem os passos dos homens que entram no corredor e que se aproximam da cela. Nem o barulho da chave na fechadura, nem a porta que se abre. Nem a voz ríspida que o intima:

— De pé!

Ele permanece sentado.

A luz penetra, com o rosto severo de Amer Salam, que pede para que deixem os dois a sós por alguns instantes. Uma vez sós, Amer Salam pega Rassul pelo colarinho e, depois de alguns insultos, pergunta-lhe onde estão o dinheiro e as joias que roubou.

Rassul ergue os ombros para dizer, com displicência, que não sabe. O outro insiste, jura que vai extrair as tripas de sua mãe e coloca seu revólver sobre a barriga de Rassul, que o olha sempre sem pavor, mostra sua garganta e geme para lhe dizer que não pode falar. Amer Salam, fora de si, ordena que lhe tragam papel e caneta. Dá cinco minutos a Rassul para que escreva onde estão as joias e o dinheiro.

— Se não houver nada escrito no papel, vou foder a boceta da sua noiva! — Depois disso, deixa a cela.

Trazem-lhe uma folha e uma caneta. Ele escreve: *"Deixe minha família tranquila. Entrego-lhe tudo aos pés da forca"*, e devolve a folha ao guarda.

Cinco minutos mais tarde, os guardas retornam. Levam Rassul para fora, mãos e pés acorrentados.

Antes de subir na caminhonete, um dos guardas pergunta-lhe se fez suas abluções. Rassul faz sim, sorrindo. A caminhonete ultrapassa o portão do *Wellayat*, vira na rua e acelera. Rassul, enrodilhado, ouve seu nome ressoar ao longe. Na rua deserta, percebe Razmodin, que corre, gritando e agitando a mão para parar o carro. Rassul encara-o com um olhar sereno.

A caminhonete avança. Rassul olha para as raras pessoas que se apressam na mesma direção que eles, na direção do parque Zarnegar.

Nestes últimos tempos, jamais o céu esteve tão azul, tão distante. E o sol, tão claro, tão próximo.

A caminhonete para no parque, todo mundo desce.

Rassul é absorvido pelo canto dos pássaros. Seu olhar perde-se nos galhos das árvores, a sua procura, para cantarolar com eles: *Tat, tat, tat... tvam, tvam... asi...* "Rassul!" Uma mulher coberta com um *tchadari* azul-claro precipita-se em sua direção e levanta a aba de seu véu. É Souphia, em lágrimas, que os homens armados afastam, ao sinal do novo escrivão. Fazem Rassul avançar, apático, indiferente a todos os que o olham, mesmo a Farzan, que, com seu sorriso triste, meneia a cabeça para cumprimentá-lo.

— Não o levem para lá! — É Razmodin que grita, sem fôlego, atrás do cortejo.

— Às suas ordens, comandante! — escarnece um dos homens armados, que o impedem de se aproximar. Mas Razmodin repete desesperadamente as mesmas palavras:

— Acreditem em mim, é horrível o que está acontecendo!

Os homens empurram Rassul para frente, Souphia e Farzan o seguem. E todos param repentinamente ao descobrirem a forca sem corda que uma multidão silenciosa circunda.

— Por que essa forca não tem corda? — pergunta o escrivão.

— Ela foi cortada! — exclama um dos guardas.

Eles apressam o passo e se juntam à multidão ao pé da forca.

— Irmãos, deixem-nos passar, estamos com o condenado, afastem-se, afastem-se!

As pessoas se viram na direção de Rassul, afastando-se à sua passagem, deixando ver um cadáver que jaz no chão. Tudo se imobiliza: o tempo, a respiração, as lágrimas, as palavras... As pernas tremem. Rassul cai de joelhos diante do corpo de Parwaiz, a corda no pescoço. A multidão murmura, agita-se, afasta-se. Outros homens armados aparecem e empurram as pessoas furiosamente, para abrirem passagem aos comandantes que chegam, com estardalhaço. Tudo desaparece sob suas botas. Rassul não vê mais nada. Há apenas a voz, nada mais que a voz, de Souphia.

— Você é bela — cochicha Rassul na orelha de Sou-phia. Ela fica vermelha. Ele se lança a seus pés para enfim declarar: — Eu me prostro a seus pés não somente por sua beleza inocente mas também por seu sofrimento! — Ela está emocionada. Apoia-se para não cair. Apenas sua mão treme, afunda nos cabelos de Rassul para neles se perder.

— Fazia muito tempo que não me dizia coisas tão ternas.

— Tinha muitas coisas a lhe dizer, mas a guerra não nos deu tempo.

Beija-a timidamente nas bochechas. Ela esconde seu rosto, estende a mão para pegar a de Rassul, que lhe pergunta:

— Você vem embora comigo?

— Para onde?

— Para longe.

— Para Mazar-é Sharif?

— Não, para mais longe... Para o vale das *Crianças Reencontradas*!

— Onde fica?

— Longe, muito longe. Não fica nem no leste, nem no oeste, nem no norte, nem no sul.

— Não existe, então.

— Eu o construirei para você.

— E será como?

— Um vale muito bonito, onde ninguém fala. Onde ser nenhum experimentou o mal.

— Então somos *crianças*?

— Sempre! — E riem.

— Preciso ir embora — diz ela, levantando-se.

— Vai voltar para a casa de Nazigol?

— Não. Ela foi embora com Amer Salam.

— Para onde?

— Não sei — aproxima-se de Rassul: — Espero que não venham ao vale das *Crianças Reencontradas*!

— Não. Ele é só para nós!

— Então, até logo! — Coloca seu *tchadari* azul-claro e deixa a cela.

Rassul fica de pé, sonhador.

— Você tem uma outra visita — o guarda diz. E o antigo escrivão entra, com um grosso dossiê debaixo do braço.

— Como vai, meu jovem? — Rassul mexe a cabeça, o espírito sereno.

O escrivão quer sentar-se, mas Rassul o impede:

— Não sente aqui, por favor. Aqui há uma mosca, uma miserável mosca... — O escrivão, curioso, coloca seus óculos, o olhar vasculhando o chão. Afasta-se e senta-se com muita precaução. — Essa mosca... ela é prisioneira junto comigo — diz Rassul mostrando a mosca, prostrada bem perto do escrivão.

— Agora você se preocupa até com a vida de uma mosca?

— Na noite passada tive um sonho estranho. Sonhei com esta mosca, que cantarolava uma canção que eu conhecia, algo como: *"tat, tat, tat... tvam, tvam... asi..."*, sim, era isso, mas eu não entendia o sentido.

— É uma canção indiana.

— Sem dúvida. Isso quer dizer o quê?

— *Você também é assim!*

— É bonito!

— Agora até as moscas cantam para você. A vida é bela. Então está contente com teu processo, que está se desenrolando como desejava?

— Agora tudo é indiferente para mim.

— Indiferente? Você subverteu o mundo, e tudo lhe é indiferente?! Por sua causa um importante chefe dos mudjahidin se enforcou; o juiz foi substituído; só falam de você nos jornais, dia e noite; seu primo conseguiu trazer todos os jornalistas estrangeiros, os funcionários das Nações Unidas... e o que é que o Senhor diz disso?

Ele meneia a cabeça em sinal de desaprovação.

— Não fui eu quem subverteu tudo. Foi Dostoiévski!

— Está bem, agora acabou! Pare com seu Dosto... sei lá quem! Você não matou porque o havia lido. Você o leu porque queria matar. Isso é tudo. Se estivesse vivo, ele o teria acusado de plágio!

Rassul olha-o longamente, profundamente.

— Não me olhe assim. Não lhe propus uma charada — diz o escrivão, colocando seu dossiê no chão. — Em todo caso, devolveram-me meu posto e querem seu dossiê... A propósito, sabe o que encontraram no bolso do comandante Parwaiz?

O olhar curioso de Rassul o interroga.

— Encontraram uma carta escrita de próprio punho: *"Fiquem de luto por mim, não me vinguem!"* Que homem! Que bravo homem! Sabe a razão de seu suicídio? Parece que seus homens encontraram o assassino de seu filho adotivo. Mas, durante o enfrentamento, a mulher e o bebê do assassino também foram mortos. Deixa pra lá... Diga-me, o que é que devo escrever?

Um silêncio.

— Tudo! Eu lhe disse tudo.

— Tudo? Não acredito. Em todo caso, já comecei a redigir algumas linhas. Vou ler, me aponte se houver algum problema: *"Mal Rassul levantara o machado para descê-lo sobre a cabeça da velha quando a história de* Crime e castigo *lhe atravessou o espírito. Fulmina-o. Seus braços tremem; suas pernas vacilam. E o machado escapa-lhe das mãos. Racha o crânio da mulher e fica enterrado lá. Sem um grito, a velha desaba sobre o tapete vermelho e preto. Seu véu com motivos de flores de macieira flutua no ar antes de cair sobre o corpo gordo e flácido. Ela treme de espasmos. Respira mais uma vez. Talvez duas. Seus olhos arregalados fixam Rassul, de pé no meio do cômodo, sem fôlego, mais lívido que um cadáver. Seu patou escorrega dos ombros salientes. O olhar aterrorizado se perde na onda de sangue, este sangue que escorre do crânio da velha e se confunde com o vermelho do tapete, recobrindo assim seus contornos escuros, depois flui lentamente para a mão carnuda da mulher que segura um maço de notas. O dinheiro ficará manchado de sangue..."* A propósito, por que não pegou o dinheiro?

ESTE LIVRO FOI COMPOSTO EM GATINEAU, CORPO
11/17 E IMPRESSO SOBRE PAPEL OFF-SET 75 G/M^2 NAS
OFICINAS DA ASSAHI GRÁFICA, SÃO BERNARDO DO
CAMPO — SP, EM OUTUBRO DE 2012